강해원 소설집

나비춤

강해원 소설집

나비춤

이제야 첫 소설집을 세상에 선보인다.

우리들의 이야기를 쓰고 싶어 소설을 시작했다. 하고 싶은 말이 많았는데, 막상 글로 옮기려니 망설여진다. 나만이 아닌, 다양한 이야기를 어떻게 표현해야 할까 고민되었기 때문이다.

세상에 삶의 뚜렷한 목적이나 주제 의식을 가지고 살아가는 사람이 몇이나 되겠는가? 거기엔 정도正度가 없다. 그저 적당히 흔들거리며 서로를 위로하고 격려하며 사는 것.

부대끼고 아파하고 어우러져 치유하며 살아가는 이웃을 이야기하고 싶다. 나의 삶이 아닌, 타인의 삶을 들여다보며 우리가 서로 더 사랑해야 할 이유를 쓰고 싶다. 한 개인 또는 가족, 혹은 수많은 청춘의 것일 수도 있는! 어제가 오늘 같고, 오늘이 내일 같은 평범한 이야기라도 좋겠다.

요즘 시대에 누가 책을 읽어? 웹소설이 있는데, 한다. 그래도 나는 종이책으로 된 소설을 읽어야 제 맛이 난다. 종이에서 솔솔 풍기는 야릇한 냄새에 또 다른 인생을 얹어

놓고 싶다.

손가락 터치만으로 쉽게 볼 수 있는 소설이 아닌, 둔중한 종이책을 읽어주시는 독자님에게 진심 어린 고마움을 표한다.

청명한 가을날이었던가, 허리가 구부정한 노인이 건널목을 지나가는 것을 물끄러미 보시던 어머니께서 걱정스레 말했다.

- 인생도 참 덧없네. 늙으니 저렇게 구부정해지니. 나도 늙어서 저렇게 되면 어쩌누.

불파만 지파참不怕慢 只怕站의 생활신조로 멈춤 없이 부지런한 이영자 씨, 내일모레면 어머니도 아흔이다. 늘 마음이 젊은 나의 엄마께 이 책을 바친다.

2022년 매듭진 달 맑은 날에

강해원

높은 음자리

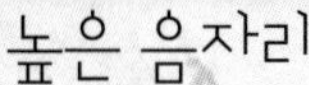

차창으로 멀리 야트막한 산이 보이고,
드문드문 가로수로 키운 벚나무들이
눈꽃처럼 하얬다.

높은 음자리

높은음자리

1

울지 마.

커다란 서라운드 스피커가 걸려 있는 벽 아래에서 나는 쥐고 있던 그녀의 손에 힘을 잔뜩 얹힘으로써 그런 의사표시를 했다. 영화관 어둠 속이라면 설령 옆 사람과 귓속말을 해도 그만이었다. 눈앞의 화면만을 응시하고 있는 다른 사람들은 내가 영화를 보지 않고 그녀의 옆모습을 지켜보고 있다는 것에 신경 쓸 리가 없었다.

내가 호주로 이민 가기 전 그게 우리가 마지막으로 본 영화였다. 우리는 별 말 없이 영화를 보고 나와서 인근 카페에 들렀다. 그녀는 회색빛이 도는 가죽 의자에 앉자 카페라테를 시켜놓고 한동안 멍하니 창밖을 바라보았다. 입술에 엷은 갈색의 거품을 묻힌 채, 유난히 목이 긴 모딜리아니의 모델처럼. 그리고 가끔 아직 다 빠져나가지 못한 슬픔 때문에 가슴을 들썩거렸다. 나는 그날 그녀가 그토록 오랫동안 운 것이 영화 때문인지 나 때문인지 알 수가 없었다.

아무래도 내가 미쳤나 봐.

한동안 잊고 있던 제인에게서 그렇게 시작되는 긴 이메일이 왔다. 그저 몇 줄로 족하던 소식의 내용은 이제 거의 일주일이 멀다 하고 새로 사랑하게 된 남자에 관한 이야기로 넘쳤다.

그래, 내 심장이 얼음으로 만들어졌다면, 그를 본 순간 그냥 녹아 버렸을 거야.

내가 보기에 나침판의 빨간색 바늘이 언제나 어디서나 한 곳만 가리키듯이 그녀의 마음은 온전히 일주일 내내 한 사람을 향해 있었다. 반신반의했지만, 편지 내용을 꼼꼼히 읽고 여러 정황을 상상하며 그녀의 입장을 이해해 보기로 했다. 홀가분했다.

시드니에서 한국으로 가는 비행기 표를 끊어놓고 기다리는 동안 집안 정리를 끝냈다.

옆집의 메리 앤이 내가 돌보던 샴고양이 '쿠키'를 대신 맡아주겠다고 했다. 애도 없는 데다 남편은 자주 집을 비우고 출장을 다녀서 화분을 기르거나 동물을 기르는 일을 할 수가 없었다. 메리 앤의 집에서 한 시간쯤 보내고 돌아와 노트북을 꺼내 여행 가방에 넣기 전에 인터넷을 열었다. 제인에게 오던 장문의 메일이 요즘 뜸해졌다는 느낌이 들었다. 나는 그녀가 사랑에 빠져서 친구도 잊었구나 하고 잠깐 생각했다.

시드니에서 이륙하자마자 늪에 잠긴 듯 몸이 내려앉았다. 잠속에서 어렴풋이 누굴 본 것 같았다. 긴 머리에 푸른 머리띠를 하고 벚꽃이 하롱하롱 날리는 나무 그늘에 수줍음을 함빡 담고 젊은 여자가 서 있었다. 양복을 입은 신사가 그녀를 앞에 두고 열심히 카메라 셔터를 누르는 그림이 떴다. 그렇게 가득 찬 행복감을 안겨주는 남자를 바라보기 위해 그녀 쪽으로 내려오려고 애썼다. 아예 그녀와 한 몸이 되려고 나는 벚꽃이 분분히 날리는 환한 허공을 향해 느릿느릿 이동했다.

어린 우리는 첫 강의를 마치고 문과대의 중앙 분수대 근처 벤치에 앉아 뿜어져 나오는 물줄기를 바라보며 이야기했다. 누가 일부러 불을 낸 건지 불에 탄 까만 잔디가 봄바람이 불 때마다 검불을 폭싹폭싹 날리며 콧속을 간질였다. 처음 만난 제인은 코를 훌쩍이며 말했다.

난 아빠랑 둘이 살아. 엄마는 일찍 돌아가셨어. 힘이 없어 늘 방에 웅크리고 있다가 가끔 뒷산에 산책하러 가서 오카리나를 불었어. 오카리나 소리를 들으면 비탈의 나무처럼 쓰러질 듯 서 있는 엄마 생각이 나.

그 이듬해, 병원 입원실에서 본 제인의 아버지는 췌장암 말기로 뼈대에 살가죽만 붙어있는 듯했다. 눈이 퀭하게 들어가서 광대뼈가 더욱 두드러져 보였다. 그녀의 아버지는 홀로 남을 딸을 걱정하여 그녀가 대학을 졸업하기도 전에 서둘러 결혼을 시켰다.

결혼식장에서 그녀의 남편을 보았다. 외모는 그리 특별하지 않았지만, 눈매 안에 약간 냉소적인 분위기가 느껴졌다. 남을 쉽게 믿을 사람 같지는 않아. 나는 자꾸 그 말이 입에서 맴돌았다.

가정이 깨진 후 제인의 말에 의하면, 그의 속마음 아니 정체를 알 수가 없었다고 했다. 늘 남다른 계산력과 자기 판단력만 믿고 남을 무시한다고. 내가 어려서 그런가 보지? 그러나 뼛속까지 들어찬 비열함을 계속 감출 수는 없었던 모양이었다.

졸업하던 해 그녀의 아버지가 돌아가시자 물려준 유산이 있을 거라고 믿은 그는 제인을 괴롭히기 시작했다. 악의가 넘치는 남편과 무슨 수를 써서라도 헤어져야 했다. 졸업과 동시에 그녀는 이혼소송 끝에 도장을 찍고 말았다.

2

잘 지냈니?

대전은 계속 열대야가 이어지고 있어. 매일 폭염으로 아스팔트 위가 지글지글 끓고 있지. 더워서 오늘 밤 어떻게 잠을 잘까 모르겠어. 오늘 낮 일기예보는 35.4℃라고 하더라. 건물과 자동차에서 뿜어져 나오는 열기로 실제는 37℃를 넘었을 거야. 퇴근 시간이 되었는데 아무도 움직이지 않더라구.

요즘 사무실은 야근해야 할 만큼 바쁘진 않아. 아직 일이 쏟아져 들어올 때가 아니야. 내가 하는 일은 남의 원고를 맞춤법에 맞게 고치고 편집 틀 짜는 일이니까 자연히 업무량은 많지. 심심치 않게 야근과 주말에 근무하곤 해. 어차피 정시에 퇴근한다고 해도 집에 가서 할 일도 없고 말벗을 할 친구도 없으니까 괜찮은 거지 뭐.

나 요즘 채팅한다? 옆 동료가 그러더라. 너무너무 재미있다고. 자판 치는 속도도 빨라진대.

자기 전에 전등은 끄고 모니터의 화면만 켜놓은 컴컴한 방에서 난 글자로 떠오르는 대화를 보고 있어. 채팅방에 접속했을 때 본 거야. 목록에 수많은 대화방이 나열되어 있었는데, 그중 한 대화방으로 슬며시 들어가 봤어. 어서 오세요. 푸른하늘님. 난 며칠 동안 그들을 유심히 살펴만 봤지. 늘 아무 말도 하지 않고 사람들의 말을 지켜봤던 거야. 농담을. 다 쓸데없는 말 같더라구.

은하수라는 사람이 오늘도 유치하게 추파를 보내와. 당신의 향기에 취해버릴 것 같습니다. 컴퓨터 앞에 앉아 모니터에 떠오르는 문자를 바라보고 있으면 그냥 웃음이 나. 남자가 가까이 다가와 그런 소리를 하면 등골이 오싹해져야 하는데, 이상하더라. 아무렇지가 않은 거야. 우습게도 그 유치한 문자는 오히려 심장을 두근대게 하더라구.

얼마 전부터 그는 동그란 선글라스를 벗고 나를 호출하기 시작했어. 나는 보라색 리본으로 머리를 풍성하게 묶은 순정녀의 이모티콘으로 인사했지.

여름휴가까지도 여기서 지냈어. 그가 보라카이 해변 사진을 띄워주더구나. 마치 진짜로 여행 온 사람처럼 과장된 기분을 보태어 들떠서 놀았단다. 파도를 보며 하는 채팅은 꿈만 같아. 얼마 후 은하수한 테서 쪽지가 날아왔어. 농담이 섞인 내용의 쪽지가 오갔지. 이따 비키니 입은 채 같이 사진 한 방 찍자구요. 맘대로 하세요, 크크. 그다음 날 쪽지에는 그의 신상에 관한 내용이 담겨 있었어. 실명, 학력, 직업, 주민등록번호 그리고 주소와 전화번호. 며칠 후 늦은 밤, 나는 몇 번을 망설인 끝에 직접 그와 통화를 했지. 한번 만나자고. 난 웃기만 하고 대답은 안 했어. 그가 누군지 알 수 없는 거잖아. 그 후 그는 여러 차례 내게 진지한 만남을 요구했어. 설레는 마음과 불안한 마음이 교차하더라. 그와 만남이 몹시 궁금하긴 했어.

나는 늘 남의 눈에 뜨일까 봐 무채색의 옷만 입고 다녔는데, 휴가 끝나는 날 새 옷 샀다. 커피를 마시러 가도 구석진 자리만을 골라 조용히 앉아 있곤 했고, 누가 말을 걸어도 대꾸하지 않고 조용히 그 상황을 피해 그냥 말없이 자리를 뜨곤 했잖아? 그런 내가 달라지기 시작했던 거야. 모처럼 나풀나풀한 시폰 소재의 원피스에 붉은색의 볼레로 카디건을 걸치고 출근을 해서 주변 사람들을 놀라게 했지. 모 대학교 교수의 어렵다는 경제 논문 교정을 보며 콧노래를 불렀어. 갑자기 일상이 무지갯빛으로 바뀌었거든.

요즘 정말 행복해. 또 연락할게. 안녕.

3

이런 보고는 꼭 해야 하는 거지?

오늘 내가 만난 남자 이름은 경효야. 성은 정. 나이는 나보다 두 살 어리지만 이름처럼 반듯하고 무지무지 다정해. 영화 보는 것도 나랑 취향이 맞고, 오카리나 연주곡 좋아한대. 생각보다 훨씬 반듯한 외모에 부드러운 미소까지 머금은 매너 좋은 남자더라. 얼굴? 브래드 피트 같아.

너도 알다시피 전남편은 여섯 살이나 차이가 있어서 나를 늘 애 취급하며 무시했잖아. 기본적인 예의나 배려가 없는 사람이라는 거, 잘 알지? 쓸데없이 오카리나 배우러 다닌다고 악기 다 부숴버린다고 해서 대판 싸운 것도. 생각만 해도 끔찍해. 그런다고 포기 안 했으니까 망정이지. 그냥 미쳐버렸을지 몰라.

경효는 주문한 커피가 오자 그러더라. 이 비엔나커피요, 맛은 좋지만 잘못 마시면 입천장을 뎁니다. 잠시만 기다리세요. 그는 뜨거운 커피 위에 얹은 생크림 맛이 살아나도록 저어서는 내 앞에 놓아주었어. 하나를 보면 열을 안다고 하잖아. 진솔해 보였어. 아버지같이 자상한 사람이야.

봄을 맞이하기 시작한 어느 날, 테라스 흔들의자에 앉아 제인의 편지를 읽으며 나는 고개를 들었다. 전날 비가 많이 내려서 그런지 내 눈에 비친 하늘은 한국의 가을을 닮아 청명했다. 머그잔에 가득 든 따끈한 차를 호호 불어 한 모금 입에 물었다. 입 안에서 느껴지는 온기와 달리 푸른 하늘이 조금은 쌀쌀하게 느껴졌다. 아마 지금쯤 제인이 있는 곳은 가로수 길마다 은행잎이 노랗게 물들어가고 있겠지.

어느 수필가는 낙엽을 태우면 개암 냄새, 구수한 커피 냄새가 난다고 했던가? 순간 그녀와 함께 카페에서 소소한 일상에 대해 나누던 생각이 떠올랐다. 나는 노트북을 꺼내 들고 인터넷을 접속해 그녀에게서 온 메일이 있나 확인해 보았다. 그녀의 것이 있었다.

낮에 봉안당에 다녀왔어. 아빠 떠난 지 엊그제 같은데, 세월 참 빠르다, 그치? 벌써 10월이 다 가고 있네. 오늘 날씨 정말 좋아. 봉안당 가는 언덕길에 은백양 나무들이 큰 키로 늘어서 있더라. 휘어질 듯 달린 넓은 이파리들은 햇살 속에 속닥거리다가 행복에 겨운 양 꺄르륵 웃고, 때마침 은은하게 바람을 타고 풍경소리가 들렸단다. 아빠가 내가 오는 걸 알고 반갑게 맞아주셨던 것 같아.

아빠가 병원에 계실 때 물수건으로 손과 발 그리고 등을 매일 조심스럽게 살살 닦아 드렸지. 살은 거의 뼈에서 분리되어 한지처럼 얇은 가죽만 남아 있었어. 하루는 여느 날같이 간병인에게 물수건을 건네받아 등을 닦고 있는데 아버지가 지나가듯이 말씀하셨어.

네 엄마가 너무 일찍 가서 못 해준 것이 너무 많아. 나 죽은 뒤 합장하면 저승에서도 부부로 산다더라.

돌아가시고 나서 일 년 뒤에야 퍼뜩 그 말이 생각났어. 늦었지만 두 분을 고향인 둔지미가 바라보이는 영불사 봉안당에 합장해드렸지.

오늘 거기 간 이유는 경효를 인사시키고 싶어서였어. 함께 다녀오려고 했는데 일본에 출장 갈 일이 생겨 시간이 잘 안 나더라고. 그래서 그냥 혼자 다녀왔어.

경효가 무슨 보석을 수입한다고 했는데, 아마 동업하는 건가 봐. 아파트까지 내놓고 친구에게 투자하는 거래. 숙식이 좀 불편해서 그렇지 괜찮은 모양이야. 사무실에서 지낸 지가 2년이 되었다고 하더라. 요즘 같은 땐 현상 유지만 해도 괜찮지 뭐. 길바닥에 나앉지만 않으면 잘 사는 거라고. 매사 긍정적이고 궁한 티 안 내서 좋아 보여. 만나 보니까 믿을 만한 사람이구나 싶었는데, 그가 솔직히 말했어.

이런 말 하는 게 조심스럽긴 하지만 함께 지내고 싶대. 그 말을 듣고 깜짝 놀랐지. 그 뜻 알잖아. 사귄 기간도 짧은데. 만난 지 얼마 안 된 우리가 매일 저녁 마주 앉아 무엇을 했는지 생각해 봤어. 처음엔 채팅을 했고, 그다음엔 중앙로 커피숍에서 커피를 마셨고, 영화관에 갔고, 저녁 먹거나 술 마셨고, 그다음엔… 가끔씩 내 집이나 모텔을 이용했지. 사무실 소파에서 지내는 것이 안쓰러워 몇 번은 원룸에서 아침도 해주고 침대도 비워줬어. 그는 말을 꺼내놓고 나를 빤히 들여다봤지. 그의 눈은 그냥 순한 초식동물이었어.

그래서 급하게 조금 큰 집을 사 살림을 합치게 된 거야.

성급한 결정 아닌가 하는 생각도 들지만, 후회는 없어. 사실 경효는 대학 때까지 남부러울 것 없이 잘살았대. 부모님이 아직 건강히 살아 계시고, 아버지 밑에서 건축업을 배우다가 몇 년 전 정리했다는군. 부모를 떠나 하루빨리 자수성가하는 게 자식 된 도리라고. 그가 얼마나 대견하든지. 사랑을 많이 받고 커서 그런지 그는 남을 배려할 줄 알아.

아빠가 살아계셨다면 경효를 보고 뭐라고 하셨을까? 나만 행복할 수 있다면 두 손 들어 환영한다고 하셨겠지. 아빠가 많이 보고 싶어. 눈으로 보고 귀로 듣고 손으로 만지며 느끼고 싶어. 예전처럼 아빠가 내 어깨를 토닥여 주며 다 잘 될 거라고 응원해 주셨으면 좋겠어.

사진 속 엄마는 지금의 나 같은 모습으로 늘 활짝 웃고 계셔. 아빠 얼굴에 검버섯이 피고 눈이 부신듯 눈살을 좁혀 조글조글하게 주름 잡고 계신 동안에도 엄만 시들지 않는 꽃이야.

그와 같이 있으면 나도 꽃이 되는 기분이지. 김춘수 시인이 말하는 꽃. 난 절대 꽃이 될 수 없는 사람인 줄 알았었어. 정말 행복해. 이렇게 행복해도 되는지 겁이 날 정도야. 너도 많이 보고 싶고.

4

공항에서 내리자마자 대전행 버스를 탔다. 제인이 사는 곳으로 차가 질주했다. 차창으로 멀리 야트막한 산이 보이고 드문드문 가로수로 키운 벚나무들이 눈꽃처럼 하얬다. 나는 그녀에게 핸드폰으로 터미널에 밤 8시 30분쯤 도착할 예정이라고 알려주고 비행의 피로를 풀고자 의자 깊숙이 몸을 뉘었다.

터미널에 도착하기 전 안내방송이 흘러나왔다. 승객 여러분, 잠시 후 대전 터미널에 도착하겠습니다. 내리실 때 소지하신 물건을 빠뜨리는 일이 없도록…. 창밖은 시나브로 어두워졌다.

제인은 벌써 와서 나를 기다리고 있었다. 버스에서 내리자마자 우리는 남이 보든 말든 승강장에서 사정없이 꼭 껴안았다. 그리고 나서 끌어당긴 어깨를 풀고 그녀를 뚫어지게 바라보았다.

잘 지낸 거야?

응, 물론.

메일처럼 긴 수다가 아니라, 말을 자르는 것에 이상한 느낌이 들었다. 얼마 전까지만 해도 행복하다는 말을 넘치게 하지 않았던가? 어딘지 모르게 그녀의 얼굴은 퀭한 빛을 띠고 있었다. 연애를 하는 사람이라면 피부가 하얗고 볼은 탱탱하고 분홍빛을 띠어야 마땅한데 왠지 석연찮았다.

그녀는 곧 근처의 주차장에서 은색 벤츠를 끌고 왔다.

차 좋은데?

경효 씨가 타는 차야. 사업상 필요하거든.

대전은 많이 변해 있었다. 그녀 때문에 가끔 다녀갔던 곳이라 역 근처나 중앙로에서 서대전 사거리까지의 길거리 풍경이 낯익어야 할 터인데, 전혀 그렇지 않았다. 10년이라는 세월이 너무 많은 것을 바꿔 놓은 것이었다. 무슨 행사가 있었는지 가로수에다 작은 조명등을 달아 놓아 가지마다 무수한 꽃별이 반짝이게 했다.

멋지네.

토요일마다 젊은이를 위한 예술 행사가 벌어지는 곳이야. 나도 가끔 가서 회원들과 함께 오카리나를 불어.

참, 네 연주 솜씨는 훨씬 좋아졌겠네?

그저 그렇지 뭐. 방금 지나온 곳이 '으능정이 거리'야. 옛날 은행동. 그나저나 너 배고프겠다. 시내서 많이 떨어진 우리 집으로 가는 건 그렇고…. 그보다 사실은 방이 하나라서 함께 지내기엔 좀 불편하거든.

집이 대청호 호숫가에 있다고 했는데, 막상 제인이 데리고 간 곳은 안영동의 뿌리 공원 입구에 있는 '효문화 마을'이라는 숙소였다. 내가 의아한 표정을 짓자, 둘이 편하게 있고 싶어서 그런 거야. 괜찮지? 했다. 그녀는 내게 미안한 기색을 드러냈다.

우리는 가까운 식당에서 가볍게 요기를 하고, 편의점에 들러 맥주와 안주를 사서 숙소로 돌아왔다. 나는 그녀에 대해 듣고 싶은 것이 많은데, 그녀는 묻는 말에 다음에, 다음에… 하며 자꾸 말하기를 꺼렸다.

너도 알다시피, 난 남들처럼 뜨거운 연애도 없이 교회 오빠와 결혼했잖아. 결혼한 지 6개월 만에 남편과 호주로 이민 갔고….

술잔을 앞에 놓고 나는 속마음을 털어냈다. 남편과 사이가 벌어진 지 몇 년이 지났다는 것을 굳이 꺼낸 것은 뭔가 석연찮아 보이는 지금 상황을 좀 더 솔직하게 듣고 싶어서였다.

남편 인철은 대학 시절 호주로 어학연수를 다녀온 뒤 이민 가고 싶다는 말을 수도 없이 했다. 결국 결혼하자마자 남편은 꿈을 실행에 옮겼다. 내가 원한 일이 아니었다. 타국에서의 생활은 사방이 벽으로 막혀 있는 막막함 자체였다. 이민 간 지 반년 만에 아이를 유산했다.

오늘 아침도 공항까지 데려다주겠다는 남편의 호의를 딱 잘라 거절했다. 현관문을 나설 때까지 인철은 아무 기척도 내지 않았다. 그는 침대에 누워 한쪽 팔로 이마와 눈을 가린 채 자는 것인지 깨어 있는 것인지 알 수 없는 자세로 있었다. 나 또한 아무 말 없이 현관문을 나와 서둘러 버스를 타고 시드니 공항에 도착했다.

네가 이혼으로 힘들어할 때, 난 결혼했지. 네가 정신과 치료를 받을 때였을 거야. 난 호주로 이민 가면서 너한테 크게 죄짓는 것 같았어. 공항에 나오지 말라고 했는데도 너는 굳이 따라왔었잖아. 코끝이 빨개져 훌쩍거리는 너와 눈길이 마주칠 때마다 마음이 얼마나 아팠는지 아니?

그 말을 들으며 그녀는 말없이 술잔을 비웠다.

우리는 대학 때 만나 단짝으로 지냈다. 친구를 잘 사귀지 못하는 그녀에게 난 유일한 친구이자 자매 같은 존재였다. 난 한국을 떠나 타국에서 어떻게 살아갈까 하는 낯선 긴장감보다도, 의지할 곳 없는 그녀만 두고 떠나는 마음이 더 안쓰러웠다.

이민 가던 날, 공항에서 출국하기 직전 나는 그녀를 힘껏 껴안으며 속삭였다. 아프지 마. 너 보러 자주 올 거니까. 전화도 많이 하고 편지도 쓸게. 늘 건강해야 해. 알았지? 그때 그녀는 눈물만 줄줄 흘리며 내 어깨에 기대어 고개를 크게 끄덕였다. 어깨에 눌리는 턱의 뾰족한 깊이만큼 가슴이 먹먹했다.

술을 마시고 나니 긴장이 풀리고 피곤감이 밀려왔다. 제인은 내 이야기를 듣다가 몇 번이나 냉장고를 열어 찬물을 들이키곤 했다. 어릴 적 이야기, 함께 지냈던 젊은 시절 이야기의 중간중간에 나는 그녀의 현재를 알려고 했다. 그럴 때마다 그녀는 호주에 관한 관심으로 화제를 바꿔 놓곤 했다.

지난번 보내준, 와룽가 파크에서 함께 사진을 찍은 그 애가 메리 앤이야?

맞아. 원래 캐나다에서 살았어. 우리보다 다섯 살이나 어려. 나처럼 애는 없고… 남편이 요트를 가지고 있어서 주말이면 함께 가자고 졸라. 우린 시드니 외항 쪽으로 바람 쐬러 가곤 하지.

어느 즈음에서 응, 그래? 하던 제인의 반응이 느려졌다. 침묵과 표정의 빈틈이 나를 당황하게 했다. 내 음성은 방 안 곳곳에 휴지처럼 버려져 쌓이고 있었다.

겨우 열 시간의 비행시간이었지만 그래도 피곤했던지 졸음이 밀려왔다. 이야기를 하다 말고 언제 잠이 들었는지 모르는 시간이 잠깐 흘렀다. 그러다가 약간의 소란에 눈을 떴다. 눈동자를 휘둥그레 뜨며 무슨 일이냐고 물었다.

문밖에 누군가 있었다. 제인은 잠시 나갔다 오겠다며 나갔다. 이 시간에? 나는 핸드폰 시계를 들여다보았다. 새벽 2시가 넘어 있었다.

나는 이불을 한옆으로 밀쳐놓고 나서 풀어진 머리를 가지런하게 묶고 밖으로 나갔다. 주차장 가로등 불빛 아래 두 사람의 실루엣이 또렷이 보였다. 내가 뭘 그렇게 잘못했다고? 말해 봐! 나는 직감적으로 그가 경효라는 것을 짐작했다. 그가 뿜어내는 담배 연기에 얼굴을 돌리며 제인이 무어라 대꾸를 하고 있었음에도 그녀의 말소리는 낮게 깔린 어둠 속에 금방 흩어져버렸다.

조금 전까지 나는 그들의 사랑에 문제가 있을 수 있다는 것을 상상한 적이 없었다. 사랑이 냄비처럼 쉽게 달아오르고 식을 수 있는 것은 절대 아니다.

5

영화 좋아한다는 사람이 있으면 나는 '크라잉게임'이란 영화를 보았냐고 묻는다.

어떠셨어요? 'crying'이란 어휘에서 느껴지듯 슬픈 내용이던가요?

그건 반전反戰영화인 동시에 퀴어 영화라고 누가 대답한 적이 있다. 내용이 정확히는 생각나지 않지만, 편견에 의해 인정받지 못하는 소수성애자의 슬픈 사랑 이야기인 것만은 대충 기억한다. '크라잉게임'이라는 영화의 초반을 보면 사복을 한 남자 군인이 유원지에서 무장단체의 사람들에게 체포되어 은밀한 장소에 억류되는데, 절망적인 상황 속에서 이 인질은 자기를 붙잡고 있는 남자 주인공에게 연인의 사진을 보여주며 '개구리와 전갈의 이야기'를 들려준다.

자네, 이런 이야기 들은 적 있나?

전갈이 새로운 세상을 찾아 강을 건너려고 했다네. 하지만 집게 달린 발로 어떻게 헤엄이나 칠 수 있겠어? 방법을 찾다가 개구리를 만났다네. 강을 건너고 싶은데 등에 좀 태워줄 수 없겠니? 개구리는 그렇게 해주고 싶었지만 꼬리 쪽에 바짝 세운 전갈의 독침을 바라보며 대답을 망설였지. 걱정을 마라. 너를 찌르면 우리 둘 다 죽는 거 아냐? 그러니 절대 찌를 리가 없다고. 개구리는 그 말을 믿고 전갈을 태워주었어. 물줄기를 거슬러 강 중간쯤 이르렀을 때, 세찬 물결에 놀란 전갈이 자기도 모르게 몸을 움츠리다가 독침으로 개구리의 등을 찌르고 말았다네. 몸이 굳어져 더 이상 헤엄을 치지 못하게 된 개구리가 등에 업은 친구를 원망하자, 전갈은 슬프게 말했지. 어쩔 수 없었어. 그게 내 천성이야.

아이러니하게 이 영화의 결말 부분에 와서, 살인죄로 복역 중인 주인공이 자신을 면회 온 연인에게 죽은 인질에게서 들은 그 이야기를 한다. 정황을 말하자면, 이 사람은 처음 장면에서 주인공이 억류시켜 놓았던 남자의 사진 속에 들어있던 여자이며, 복잡한 과정을 거쳐 주인공과 사랑하는 사이가 된 게이, 즉 남자다.

불도 켜지 않은 방으로 들어오는 제인을 나는 아무 말 없이 끌어안았다. 그녀는 방금 경효에게 이별을 통보했다고 말했다. 요 며칠 사이 자기를 대하는 경효의 낯빛이 달라졌다고 말해서 나를 더욱 당황하게 했다. 이유가 뭐야? 낯빛이 달라진 게 어때서? 정말 그렇게 해도 되는 거야?

두 번 실수하고 싶진 않아. 서로의 믿음이 부서진 지금 더 이상 우리가 함께해야 할 의미를 못 찾겠어. 회사에서 출장 다녀오는 대로 정리해서 나가줬으면 좋겠다고 했어.

벽에 등을 댄 채 제인이 입술을 잘근거리며 말했다.

알고 보니까 나처럼 채팅으로 만나는 여자들이 아직도 많은 거 있지? 어제 어떤 여자가 찾아왔었어. 경효 씨 혼자 살지 않느냐고 따지더라구. 혼인신고 안 했으면 자기도 권리가 있다나? 그뿐 아니야. 얼마 전 모 회사의 물건이 싸게 나왔다고 했어. 경효의 동업자는 어릴 적 동네 친구인데 더 이상 자금이 달려 은행 대출도 불가한 상태래. 일본을 거래처로 하는 보석 중개업이 소자본으로 할 수 있는 것도 아니라서 어렵긴 해도 친구가 잘 버텨왔다는 말도. 경효 씨가 이러더라구. 국내 회사의 물건은 신용도만 좋으면 땅 짚고 헤엄치기지. 돈이 조금 있으면 다 끌어당길 수 있는 기회야. 빨리 나 좀 도와줘요. 그가 가끔 누군가와 전화로 "오겡끼데스까? 와따시와겡끼데스"라고 외쳐대서 아마 외국 거래처와 저렇게 소통하나보다 했거든. 사업 잘되는 줄 알았어.

그녀는 곧장 가지고 있는 통장을 내밀까 하다가 무엇인가 스쳐가는 느낌 때문에 잠시 보류했다는 것이었다. 그리고 회사의 사정이 어떤지 확실히 알아보고 싶은 마음에 사무실을 찾아갔는데, 밖에서 보기에 화려한 장식물이 있어 보이긴 하지만 분명 거긴 부동산 중개소 비슷한 곳이었다.

아, 벤츠 아저씨요? 여기서 커피 시켜놓고 온종일 채팅만 하는 아저씨?

사무실에서 차 심부름하는 알바에게 들은 말은 그것이 전부였다. 제인은 두말하지 않고 그곳을 나왔다. 한낮인데 바람이 불 때마다 어딘가 서 있는 벚나무 가지에서 꽃잎들이 떨어져 눈발처럼 날렸다.

그래, 사람의 타고난 천성이 어디 가겠어? 경효의 본래 습성은 아무리 감춘다 해도 서서히 고개를 쳐들고 나타나는 거지. 바르게 땀 흘리며 살고자 하는 마음이 애초에 없었을 테니까.

6

우린 렌터카를 빌리고, 학창 시절로 돌아간 듯이 서로 팔짱을 끼고 으능정이 거리를 배회하다가 차를 타고 대청댐으로 향했다. 눈부시게 반짝거리던 은색 벤츠는 간밤에 경효가 가져가 버렸다.

차가 호숫가를 맴도는 동안 그녀의 핸드폰에서 진동음이 간헐적으로 들렸다. 그 진동음은 으능정이 거리를 걸을 때도 대청댐으로 향하는 구불구불한 길을 갈 때도 수도 없이 울렸다. 나도 그녀도 진동음을 의식하지 않았다. 통화 버튼을 누르는 대신 거기서 신나는 노래를 꺼냈다. 우리는 큰소리로 노래를 따라 불렀다. 열려 있는 차창 속으로 벚꽃 향기가 강바람에 실려 들어왔다.

호수에 투영된 산 그림자를 바라보며 제인이 입을 열었다. 문장과 문장을 연결할 때마다 뜸을 들이듯 말을 끊고 하늘을 향해 숨을 깊이 들이마시고는 내뱉으며 말을 이어갔다.

명희야, 난 남자하고 살 팔자가 아닌가 봐. 경효 씨가 보석 중개업을 한다고 말했었지? 그게 사기더라고. 사업은 무슨… 엊그제 타고 왔던 그 차, 특히 돈 있는 여자에게 접근할 때 쓰려고 산 거 같아. 본인은 말 못 할 사정이 있어서 그랬노라 딱 잡아떼지만, 속셈이 눈에 보여. 이젠 다 끝났어. 남들은 쉽게만 하던데 사랑이 뭐길래 난 왜 이렇게 힘든 거니?

숨을 깊게 몰아쉬어 부풀어진 그녀의 가슴이 가늘게 떨리는가 싶더니, 이내 손으로 얼굴을 가리고 흐느끼기 시작했다. 나는 그녀의 어깨를 감싸 안고 아무 말 없이 토닥여 주었다. 그녀의 슬픔이 멎을 때까지.

대청호 수면 위로 한 무더기 새 떼가 날아갔다. 평화로워 보였다. 제인의 메일을 마지막으로 받은 것이 지난 크리스마스쯤이었던가. 아니지. 그 이전이었나? 나는 혼란스러웠다. 내가 벼르고 별러 먼 길을 온 목적은 제인의 행복한 모습을 보기 위해서였다. 그녀의 메일 내용들이 내 마음속으로 들어와 그녀와 함께 사랑으로 들뜨고 설레며 먼 길을 날아왔는데. 내 두 눈으로 그녀의 행복해하는 모습을 보고 싶었는데. 제인이 얼마나 아팠을까. 나의 아픔인듯이 가슴에서 시작된 통증이 온몸으로 번져 뜨끔거렸다. 마치 속살과 벌어진 손톱 사이로 매운 마늘즙이 들어갔을 때의 찌릿하게 느껴지던 쓰라린 통증처럼 말이다.

여기가 내 집이야.

대청호 너머의 산속으로 해가 뉘엿뉘엿 얼굴을 감출 때쯤 손톱만큼 남은 붉은 기운이 닿은 산기슭에 작은 집 한 채가 보였다.

사실은 혼자 살던 원룸이 좁다는 생각이 들어서 경효 씨와 합칠 때 산 거였어.

나는 자괴감에 사로잡혀 있는 그녀를 안쓰럽게 바라보았다. 순간 그녀의 얼굴이 점점 붉게 물들며 시야에서 부유하듯 서서히 떠오르며 흐려졌다. 나는 흐르는 눈물을 얼른 손수건으로 눌러 닦았다. 아마 아쉬움만 남고 곧 사라지고 말 석양의 노을과 그녀의 얼굴이 품어내는 서글픔이 전해졌기 때문일 것이었다.

괜찮아. 다 괜찮아질 거야.

애써 밝은 표정으로 화제를 돌리는 제인의 모습이 애처롭게 보였다. 그녀의 마음을 어루만져주고 힘이 되어 주고 싶지만 어떤 말로 위로해 주어야 할지 떠오르지 않았다. 수많은 위로의 말들이 머릿속에서 빙빙 돌 뿐. 갑자기 그녀가 배를 누르며 험하게 인상을 썼다.

왜 그래? 어디 아파? 너 혹시?

나는 뒤에 따라오려는 말을 얼른 목젖으로 막아 밀어내며 제인을 바라보았다. 그녀는 배가 아파서 움켜잡은 것인지 웃느라고 그런 건지 모호한 태도로 손사래를 쳤다.

아냐, 그냥 옆구리가 결리네. 아담의 갈비뼈를 그냥 확 빼버렸더니만… 훗.

현관문을 열자 어제의 상황을 말해 주는 듯 집안은 어수선했다. 꽃다발이 바닥에 내동댕이쳐져서 어지럽게 흩어져 시들어 버린 채였고, 옷가지들이 빼곡했을 행어는 텅 비어 있었다.

제인은 아무 말 없이 침대에 누우며 베개 한 개를 바닥에 던졌다. 나는 조용히 그것을 주워 구석에 뒹구는 큰 비닐봉지에 욱여넣고 흩어진 꽃잎을 꽃다발과 함께 쓸어 담아 밖에 내놓았다.

7

그녀는 경효와 함께 살 요량으로 대청호가 시원하게 바라다보이는, 야산 비탈진 곳에 있는 집을 하나 장만했었다. 남향으로 방과 방 사이에 조그만 대청마루가 있고, 부엌이 딸린 집. 화장실은 따로 있지만 그래도 수세식이었다. 비록 집은 큼직하진 않았지만 꽤나 운치가 있어 보이는 쓸 만한 집이었다.

우리는 그곳을 깨끗이 닦고 중앙 시장 커튼 집에서 가져온 아기자기한 무늬의 커튼을 창문에 달았다.

나중에 누가 우리에게 왜 그런 사람을 만났냐고 물으면 뭐라고 대답할까?

글쎄, 너무 외로워서 그랬나보다 하지 뭐. 젊음이란 늘 어설픔 투성이잖아. 아마 어떤 실수도 피할 수 없을 거야. 다들 우리와 똑같이 외로운 마음을 서로 보듬고 어루만지며 함께 해줄 것이라고 믿겠지. 다만 서로 사는 방법이 달라 스스로 상처 입는 거 아닐까.

제인은 창틀에 앉아 오카리나를 불었다. 높은음자리를 가진 그 소리는 천상에서 울리는 소리였다. 흙을 구워 만든 까닭에 땅의 냄새, 어머니 냄새도 났다. 그녀의 엄마가 사랑하는 사람에게 들려주라고 남기고 간 소리 아니었을까?

난 다룰 줄 아는 악기가 없었다. 학창 시절 피아노도 조금 배웠고 기타도 조금 배웠지만, 전혀 멜로디를 구성할 수 없었다. 하지만 나도 오카리나만큼은 반드시 배우고 싶어졌다.

여행 비자를 더 이상 연장할 수 없었기에 나는 내일이면 다시 호주로 돌아가야만 했다. 우리는 초저녁부터 함께 침대에 들어 이불을 뒤집어썼다. 그녀는 어릴 때처럼 환한 얼굴이 되어 나의 팔을 간질였다. 그녀의 손가락이 나의 실핏줄 위에서 음계를 엮듯 조금씩 이동했다. 간지러워. 그녀가 낮게 속삭였다. 레 솔라 미시솔레 라시미 라 도라솔 미 레 솔라… 무슨 노래인지 몰라도 잠시 내 몸 안으로 고운 음률이 흘러들어와 출렁거렸다.

네가 돌아오면 제대로 불어줄게.

머리가 하얀 예쁜 할머니 둘이서 이중주로 연주하면 아마 여기 노인정 어르신들이 모두 다 우리 매력에 흠뻑 빠져버릴 거야.

모딜리아니 그림의 모델처럼 생긴 그녀는 손뼉을 치며 웃었다. 나도 모처럼 목을 뒤로 젖히며 즐거워했다.

호주 시드니 행 비행기를 타러 가는 동안 나는 침착하게 계획을 세웠다. 남편은 더 이상 나를 붙들지는 못할 것이다. 그도 아마 우리 관계를 더 이상 유지하는 것은 아무 의미가 없다는 것을 알고 있을 것이다. 30분 후면 나는 인천 공항을 출발한다. 나는 출구를 빠져나가며 돌아서서 아직도 멍하니 그곳에 서 있는 그녀에게 손을 흔들었다.

낮달 아래에서

∎

엄마는 가지 끝에서 소담스런 꽃송이가 한들한들 흔들거리면
지나가는 바람이 간질밥 태우는 거라고 말씀하셨지.
엄마는 배롱나무를 참 좋아하셨어.

낮달 아래에서

*

오늘따라 오르는 길이 더 힘이 드네. 가을은 아직 저만치서 좀 더 놀다 오겠다고 손사래 치는데, 성질 급한 밤송이가 벌써 풀숲에서 숨바꼭질하자는구나. 그늘만 쫓아 오르자니 발길이 더디고, 햇빛을 오롯이 껴안자니 입술이 뜨겁단다. 그래도 너를 만날 요량으로 쌍잠자리 놀자는데 곁눈으로 밀어두고 왔구나. 어디 앉을까나? 땀 좀 식히자. 바람이 제법 솔솔 부네. 청솔모야, 놀라지 마. 내 동생 심심하지 않게 그 동안 말벗 되어 주어 고맙구나. 어머나 가지래기꽃이 피었네. 아빠 무덤가에도 피어 있었는데. 꽃잎 따서 먹으면 달달한 꿀이 나온단다. 우리 어려서 먹어봤잖아. 고거 올라왔다고 숨도 차고 땀까지 얼굴에 송송 맺혔네. … 아, 바람이 참 좋다.

*

나 왔어. 늘 마음 한 곁은 네게 와있으면서도 쉬이 다녀가지 못하는 이런 내가 종종 밉구나. 그동안 잘 지냈지? 큰비에도 별일 없이 잘 지낸 듯하네? 걱정 많이 했거든.

나야 뭐 늘 그렇지. 매일 같은 일의 반복이야. 너도 봐서 알잖아. 애 학교 보내고 니 매형 출근하고 나면, 그때부터 눈코 뜰 새 없이 바빠 죽지. 식탁 치우고 반찬 정리해야지 청소해야지 세탁기 돌리고 빨래 널어야지 부산을 떨다 보면 난 아침도 못 먹고 출근하기가 다반사란 다. 아냐, 그렇다고 아침을 거르는 건 아니고 좀 늦은 아침을 먹지, 이 른 점심이라고 해야 하나? 고객 중에는 점심시간을 이용해 관리받고 싶어 하는 사람들이 제법 있어서 우리 관리사들은 점심을 빨리 먹는 경우가 많단다.

나 말이야, 그동안 실력이 네가 보면 깜짝 놀랄 정도로 좋아졌어. 날 찾는 단골손님도 많이 생겼고. 너 지금 설마 누나가 그럴 리 없다 고 생각하는 건 아니겠지? 내가 원래 어려서부터 네일아트에 천부적 인 소질이 있었잖아. 너도 그건 인정하지? 너 어릴 때 우리 동네에서 네 손톱 봉숭아물이 제일 예쁘게 들었다고 얼마나 부러워했다고. 다 른 애들은 손톱뿐 아니라 손가락에까지 벌겋게 꽃물이 들었지만, 너 는 손톱에만 고운 색이 들었었지. 그건 아무나 할 수 있는 기술이 아 니란다. 나만의 노하우. 그 노하우를 가지고 내가 이 업계에서 빠른 성장을 보이고 있지. 크크크 업계라고, 말이 너무 거창하지? 내가 너 무 자뻑했나? 그 정도는 아니고 다른 사람들보다 좀 더 빨리 배운다 는 거지.

결혼하고 애들 키우느라 정신없어서 머리도 질끈 묶고 멋은 생각지도 못하던 시절, 네가 제대 직후 복학 준비한다고 우리 집에 와 있었잖아. 지방보다는 서울에서 준비하는 것이 낫다고 말이야. 넌 누나한테 신세지게 돼서 미안하게 생각했지만, 난 네가 와서 정말 좋았단다. 우리가 어떤 남매니. 내 신장 아니 심장이라도 떼어달라면 떼어줄 수 있는 그런 사이잖아. 하루는 너한테 애들 잠시 맡기고 미장원 갔었던 적 있었지, 너도 생각나지? 그때 뽀그리 퍼머하고 왔다며 못생겨 보인다고 구박했잖아. 그때 미장원 맞은편에 네일아트 샵이 있었어. 투명한 유리벽 사이로 실내가 보이는데 나도 배워서 할 수 있겠다 싶더라구. 전문적으로 배워보고 싶었어.

그날 집에 가자마자 너한테 솔직하게 네일아트 배우고 싶은데 안 되겠지? 최소 3개월 코스는 배워야 한다는데 애들 때문에 안 되겠지? 내가 해주마고 말해주길 바라면서 네 눈치를 봤지. 너도 내 속마음 다 알고 있었을 거야, 그치? 누나 당분간 내가 애들 학교에서 오면 간식 챙겨서 학원 시간 맞춰 보낼게. 그렇게 하면 되는 거 아냐? 그런 걸 가지고 뭘 그렇게 걱정을 해? 라고 말하는데, 얼마나 고맙고 기뻤는지 몰라. 너 아니었으면 내가 어떻게 애들만 두고 학원에 다닐 수 있었겠니. 다 네 덕분이야.

*

지난 주말에 엄마 보고 왔다. 아침 일찍 출발한다고 서둘렀는데도 벌써 호법분기점 이전부터 차가 막히더라. 어딜 가나 얍삽한 인간들은 있게 마련인가 봐. 다들 서행하고 있는데, 빨간색 스포츠카가 버스전용차로에서 갑자기 내 차 앞으로 차선 변경 깜빡이등도 안 켜고 무식하게 껴들어 오는 거야. 얼마나 놀랐는지, 완전 사고 나는 줄 알았어. 상대 운전자는 미안하다는 표시도 없이 버스전용차로를 들락거리며 얄밉게 빠져 나가는 바람에 혼자서 씩씩거리며 화를 삭였단다.

빨간 차 하니까, 갑자기 우리 처음 마련한 차가 생각난다. 어느 날 아침에 일어나 보니까 마당에 색이 다 벗겨진 프라이드가 세워져 있었지. 속 바탕이 희끗희끗하게 드러나 있는 낡은 빨간색 차였잖아. 엄마 일하는 곳 마담 언니가 새 차 뽑으면서 엄마를 잡아두기 위해 거저 줬다지 아마. 당연하지, 엄마만큼 손이 야무지고 재주 있는 사람이 어딨겠어. 게다가 성실하기까지 하니 여기저기서 눈치 보며 자기네 가게로 데려가려 했을 거야 분명히.

그런데 말이야, 지금 생각해 보니까 너무 신기하다. 엄마는 운전면허증도 없었는데 어떻게 집에까지 그 차를 끌고 왔을까? 하여튼 엄마는 대단해. 운전학원에도 안 다니고 한 삼 주 만에 면허를 땄지, 아마? 옆집 삼촌한테 백숙 한 상 차려주고 배운 게 다였잖아. 아빠가 그렇게 가르쳐 주려고 해도 겁난다고 절대 운전대를 만지려고도 안 하셨었는데 말이야.

첫 시승식하던 날, 하늘이 잔뜩 흐리게 꾸물거리더니 안영리도 채 빠져나가기 전에 비가 내리기 시작했지. 겁 없이 어떻게 고속도로를 달릴 생각을 했을까, 초보자가. 제한 최저 속도가 50킬로였는데 딱 50으로 달렸지. 뒤에서 오던 차들이 빵빵거리고 차 안은 성에가 껴서 너하고 나는 연신 차 유리 닦고. 엄마는 눈을 부릅뜨고 앞만 보고 달리고. 금산 인삼랜드 휴게소까지 어떻게 왔는지, 참내. 차에서 내리는 엄마 무릎에서 뚜드득 소리가 나는 것 같았다니까.

돌아올 때는 또 얼마나 식겁했니. 차들은 쌩쌩 달리고. 차선을 바꾸지 못해서 천안까지 갔었잖아. 참, 큰 화물트럭이 따라왔던 거 기억해? 우리 차가 무리하게 끼어드는 바람에 급하게 속력을 늦추다가 방호벽에 부딪혀 사이드밀러가 깨졌다고 물어내라면서. 엄마가 몇 번이나 미안하다고 사과하고 지갑에 있던 돈 탈탈 털어 변상해 주는 바람에 대전 가서 고기 사준다고 한 약속을 못 지켰지. 고기 먹는다고 좋아하던 우리는 엄마 눈치만 보면서 배고파도 짜증도 못 냈어. 있던 찬밥에 뜨거운 물 말아서 김치, 깻잎장아찌, 계란프라이 이것만으로 진수성찬 부럽지 않게 맛나게 먹었잖아. 아, 정말 맛있게 먹었는데. 그러고 보니 요즘은 뭘 먹어도 그때만큼 그렇게 맛있게 먹었던 기억이 별로 없네.

*

너도 알지 명자 이모. 왜 있잖아, 엄마 이종사촌 언니 말이야. 엄마 돈 떼먹고 안 갚아서 엄마가 곤욕을 치렀잖아. 그 이모가 와 있더라고. 늘그막에 철들었나 봐. 엄마를 자기가 돌보겠다고 하는 거야. 남이 돌보는 것보다 피붙이인 자신이 돌보는 게 훨씬 낫다고 말이야. 아냐. 나도 처음에는 아니라고 했지. 이모도 나이들어 힘에 부칠 텐데 어떻게 엄마를 돌볼 수 있겠느냐고, 못한다 했어. 나도 잘 알지. 그 이모가 지금까지 보여준 모습으로 봤을 때 믿을 만한 사람이 아니라는 것쯤은 말이야. 손버릇도 나쁘고 삿자 많이 껴 있고, 금방 탄로날 거짓말도 천연덕스럽게 둘러대곤 했지. 엄마가 뻔히 알면서도 인생이 불쌍하다고 속아 넘어가는 척해 준 적이 한두 번이 아니었잖아.

그런데 이모가 넋두리하듯 말하더라.

그 이모한테 딸이 하나 있었잖아. 시집은 못 갔지만, 사생아 딸 말이야. 이름이 희선이라고. 그 딸네 집에서 애들 봐주며 같이 살았었는데 애들이 다 커서 이모 손이 별로 필요치 않게 되니까 사위가 눈치를 주기 시작했대. 이모 말만 듣곤 믿을 게 못 되지만. 그래도 이모가 워낙 얼굴이 두껍잖아. 딸 보고 살지 네깐 놈 때문에 예 있는 거 아니라고 버텼는데 더 이상 있을 수가 없었다나 봐. 딸네 근처에 싼 원룸을 얻어서 사위 출근하면 딸네 집에 들어가서 종일 있다가 사위 퇴근 무렵에 집에 가곤 했는데 사위가 눈치를 채고는 돈줄을 막아버렸다지 뭐야. 안 쓰던 가계부를 쓰라고 하고 일일이 확인하고 10원이라도 계산에 착오가 나면 밤새 딸을 들들 볶으니 딸이 살 수가 없더래.

해서 이모가 입주 가사도우미로 몇 달을 남의집살이를 했다는구나. 그러다 도둑누명 쓰고 막달 급료도 못 받고 쫓겨나다시피 했다네. 참 그 이모 팔자도 기구해. 다시 딸네로 들어갈 수도 없고 팔자가 너무 서러워 곡기 끊고 죽어야겠다고까지 생각했대. 죽기 전에 고향에나 다녀오려고 들렀다가 엄마 소식을 들었다고. 돈 문제로 예전에 엄마한테 몹쓸 짓도 하고 엄마 도움도 많이 받고 해서 빚 갚는다는 마음으로 엄마를 돌보고 싶다고 간청하는 거 있지. 정말 한번 믿어 봐 달라지 뭐야.

사람은 쉽게 변하지 않는다고 하지만 눈물까지 흘리면서 그동안 잘못 살았다고 한탄하는데 내 마음이 약해지더라. 그래서 간병인도 있지만, 이모가 옆에 있으면 좀 낫겠다 싶어 부탁드린다고 했지. 엄마도 그 이모가 옆에 있으니까 좋은지 같이 공기놀이하자고 콧등에 조글조글 주름살 지으며 응석을 부리더라. 이모가 엄마를 보며 참 예뻤었는데 하며 눈물을 찔뻑거리며 한숨을 짓는데 엄마에 대한 마음이 진심처럼 보였어.

내가 가기 전에 두 분이 앨범을 보고 있었나 봐. 무슨 앨범이냐고? 혹시 엄마가 기억을 떠올리는데 도움이 될까 해서 지난번에 가져다 드렸거든. 이모가 옆에 밀어놨던 앨범을 끌어다가 어느 한 사진을 손가락으로 가리키는 거야. 누렇게 바랜 사진 속에는 교복을 입은 단발머리 여학생들이 한결같이 머리를 수줍은 듯 갸웃 기울이고 찍은 사진이었어. 이모가 엄마한테 너 어딨는지 찾아보라고 하니까 배시시 웃으며 사진 속 엄마를 꼭 집어내더라. 겨우 그게 뭐라고 나는 손뼉까지 치면서 엄마 잘했어, 잘했어 했어. 난 그렇게라도 엄마의 기억 붙잡고 싶은 마음이야. 너무 오래된 사진이라 엄마의 얼굴이 또렷하지는 않지만, 늘 내 눈 속에 담겨 있는 엄마는 어릴 때 본 고운 모습 그대로였단다. 정말 복사꽃 같았지.

엄마가 얼마나 고왔냐 하면 말이야, 어릴 때였어. 여느 날과 마찬가지로 그날도 소꿉놀이하다 엄마가 부르는 소리에 집으로 뛰어가는데 엄마가 대문 앞에서 날 기다리고 있는 거야. 햇살이 엄마를 감싸 안듯 환히 비추고 있었어. 엄마는 한 손을 허리에 얹고 다른 한 손으로는 남산만 한 배 위에 올리고 있었지. 어린 내 눈에도 엄마가 선녀같이 곱더라. 얼굴과 팔뚝이 얼마나 하얗던지 눈이 부셨어. 이런, 얼굴이 왜 이리 꼬질꼬질하누. 까막새가 동무 하자겠네, 하며 치마로 얼굴을 말끔히 닦아주고는 시장엘 데려갔지.

엄마 손 잡고 시장 구경하는 게 정말 좋았어. 응? 넌 왜 안 데려갔냐고? 당연히 너도 함께 갔지, 엄마 뱃속에, 후후. 그 시절에 아버지는 객지에 나가 일하시고 며칠마다 오실 때였거든. 아버지가 오시는 날에는 늘 엄마는 장을 보셨지. 우리와 함께 말이야. 시장에서 만나는 사람마다 엄마에게 오늘 오시는갑네, 하며 정답게 인사를 건네면 엄마는 하얀 얼굴 가득 수줍음이 번지곤 했단다. 내게 아줌마들이 고녀석 엄마 닮아 예쁘게 생겼다는 말도 했지. 난 선녀같이 고운 엄마 닮았다는 말이 정말 듣기 좋았어. 엄마한테 너 가졌을 때 정말 예뻤다고 말하면 얘는 별말을 다 한다며, 지성이 가졌을 때 이마에 생긴 기미가 많이 옅어지긴 했지만, 아직도 지워지지 않고 있다며 기분 좋은 표정을 짓곤 하셨지.

*

엄마는 좀 어떠시냐고? 한 달 전에 뵈었을 때하고 똑같아. 날 알아보지도 못 하시지만, 우리를 기억 저편 가슴속에 꼭꼭 품고 있나 봐. 나를 맑게 바라보기에 엄마 내가 누군지 알겠어? 하고 물으니까 눈만 깜박거리시잖아. 엄마 딸 지은이야, 하니까. 지은이? 하면서 환하게 웃으시더라. 그러더니 지은이, 지은이 몇 번을 되뇌더니 눈빛을 빛내면서 지성이는 어디 갔누, 라며 너를 찾는 거야. 역시 엄마한테는 네가 최고인가 봐. 엄마 기억 속에 우리는 아직 어린아이인지 저녁때가 다 됐는데 왜 아직 안 들어오느냐고 걱정을 하시더라고.

아버지를 갑자기 교통사고로 보내고 얼마나 힘드셨을까. 그때 엄마 나이가 지금의 내 나이하고 같았잖아. 장례 기간 내내 우리 보는 앞에서 눈물 한 방울 안 보이시는 걸 보고 사람들은 숙덕거렸지. 얼굴색이 포르족족할 때 알아봤다느니 하면서 말이야. 독한 년 서방 잡아먹고 낯가죽도 두껍다고 지들끼리 엄마를 힐끔거리는 걸 보고 화가 났었어. 난 지금도 엄마한테 그렇게 험담하던 사람들 절대 용서 안 해. 아버지 명이 그것밖에 안 돼서 돌아가신 걸 어쩌라고. 가만히 놔둬도 슬픔에 쓰러질 것 같은 엄만데 그렇게 야멸차게 가슴에 못 박는 소리들을 해댔는지. 그 사람들 언젠가 벌 받을 거야. 그래도 엄마는 꿋꿋하셨지. 넌 어려서 기억 안 나겠지만 상주인 네 손을 꼭 잡고

45

계시다가 밥때가 되면 꼬박꼬박 때 거르지 않고 우리 먹을 밥을 손수 챙겨서 먹였단다. 남편 잃은 설움보다 어린 우리 남매를 어떻게 키울까, 그게 더 큰 걱정이셨다고 훗날 말씀하시더라구. 난 열두 살 넌 일곱 살이니 엄마 근심이 오죽했겠니.

너도 기억날 거야. 아버지 장례 치르고 집에 온 날. 현관에서 신발 벗고 있는데 먼저 들어간 엄마가 안방으로 쏜살같이 들어가시더니 문을 찰칵 잠갔지. 난 엄마가 어떻게 되는 거 아닌가 무서워서 엄마, 엄마 부르며 문을 마구 두드렸고, 넌 한쪽 신발만 벗은 채 그냥 현관에 서서 주먹으로 두 눈을 부비며 울었잖아. 엄마의 이상한 행동에 대한 두려움과 무서운 감정에 지쳐 갈 무렵 엄마가 퉁퉁 부은 얼굴로 안방에서 나왔지. 우리는 엄마를 보자 삐질삐질거리다가 큰 안도의 울음을 터뜨리며 엄마 품으로 달려들었잖아. 엄마는 그런 우리의 등을 토닥토닥하시곤 울음이 잦아들자 앞에 앉혀 놓고 엄한 표정으로 말씀하셨지. 앞으로 절대로 아버지가 없다는 것 때문에 울지 말라고. 아버지가 없어도 우리들 먹고 입고 학교 다니고 하는 거 걱정 없게 하겠다고 말이야. 그러곤 엄마가 씩씩하게 일어나서 부엌에서 쌀을 박박 소리나게 씻는데, 쌀 씻는 소리가 얼마나 큰지 쌀알이 모두 으깨지는 줄 알았어.

아버지 돌아가시고 집도 이사하고 정말 정신없었지. 엄마는 늘 씩씩했고. 아버지 계셨을 때는 말씀도 조곤조곤하시던 분이었는데 화통을 삶아 먹었는지 목소리가 걸걸하게 커졌어. 힘도 얼마나 센지 남들은 익스프레스로 이사를 하는데 우리는 엄마 혼자 집채만 한 짐을 번쩍번쩍 들어 날랐잖아. 일손 필요 없다고 운전기사 아저씨한테 웃돈 조금 더 얹어주고 둘이서 옷장도 나르고 말이야. 엄마 힘 정말 장사 같았어.

난 엄마가 마당 한옆에 소담스럽게 핀 배롱나무를 보고 우시는 걸 보기 전까지는 사람들이 얘기하는 것처럼 정말 엄마가 아버지 돌아가신 걸 전혀 슬퍼하지 않는 줄 알았어. 너도 기억나지? 하긴 기억이 잘 안 날 수도 있겠다. 긴 장마가 끝나고 매미가 한창 울 때였지. 우리가 이사 간 집이 한동안 비어 있던 집이라 먼지가 켜켜이 쌓여 있어서 엄마랑 털고 쓸고 닦고 정리하고 사나흘은 고생했어.

그만한 살림에 뭐 그리할 게 있었냐고 하겠지만 엄마 성격 모르니? 있는 거 없는 거 죄다 끌어안고 절대 버리는 것이 없는 사람이라는 거. 둘이서 살림 말끔하게 정리한 후 엄마는 그제야 아버지 생각이 나셨는지 마당을 보며 우리 몰래 눈물을 훔치셨지. 난 마루에 앉아, 네 손에 봉숭아 물들이는 것에만 정신을 쏟느라 못 봤는데, 네가 봐버린 거야. 너는 손가락을 내게 맡기고 엄마 눈치를 슬슬 보며 태연하게 혼잣말처럼 말하긴 했어. 절대 안 운다고 하고선… 그러자 엄마가 네 등짝을 한 번 후려쳤는데 그 때문에 네가 크게 소리 내어 울기 시작한 거야. 엄마는 당황해서, 울지 마. 짜장면 사줄게. 덕분에 이사 온 날도 못 먹어본 고소한 짜장면, 네 덕에 먹어봤단다. 간혹 짜장면 먹을 때, 그날의 기억이 떠오르곤 해.

*

　할머니가 우리가 이사 온 집에 처음 찾아오신 날, 기억나니? 할머니가 푸짐한 식빵을 사 오셨는데, 난 하나도 안 반가웠어. 엄마는 일하러 가시고 우리는 마당에서 봉숭아물을 들이기 위해 꽃잎을 찧고 있었잖아. 혀끝으로 살살 핥으면 시큼해서 침이 도는 백반을 넣어 받침돌보다 더 작은 조약돌로 콩콩.

　할머니가 우리 집에 온 것은 처음 있는 일이라서 나는 정말 어쩔 줄을 몰랐어. 더운 날 먼 길 오신 할머니가 마루에 앉아 선풍기를 바짝 앞에 당겨놓고 3단으로 세게 바람을 돌리는 것을 보고는 얼른 부엌으로 들어가 얼음을 띄워 시원하게 미숫가루를 타서 할머니한테 갔다 드렸지. 할머니는 우리를 보며 일 년 만에 많이 컸다고 하시면서 가까이 앉으라고 하시는데, 선뜻 다가가지지 않더라구. 장례 때 엄마한테 한 몇 마디 때문이었지. 낮고 조용한 소리였지만 어린 내 귀에도 냉기가 도는 비난의 소리라는 것쯤은 짐작할 수 있었어. 그 소리가 머릿속에 박혀버려 영 할머니 곁으로 갈 마음이 생기지 않았단다. 너도 두 팔을 모으고 몸을 배배꼬고만 있었잖아.

　가게에서 어떻게 알고 오셨는지 엄마가 땀을 뻘뻘 흘리며 들어오셨지. 부리나케 뛰어온 티가 헐떡이는 숨소리에 묻어 있었어. 할머니 앞에선 엄마는 늘 무슨 엄청난 죄라도 지은 양 고개도 못 들고 계셨잖아. 모아진 두 손을 얼마나 꽉꽉 쥐고 있었는지 벌겋고 축축한 손에서 조금만 손을 움직여도 찔꺽찔꺽 땀이 고인 소리가 들릴 거 같았지.

엄마가 뭘 그렇게 잘못했기에 할머니한테 야단맞는 건지 그때 나는 잘은 몰랐지만, 장례 때 사람들이 수군거리는 소리는 들어서 짐작이 가는 데는 있었거든. 아마 다 지난 일이지만 그때 일을 탓하려고 왔구나 하고 생각했어.

너는 뚱한 표정을 하고는 봉숭아물 빨리 들여 달라고 열 손가락을 내게 내밀고 있었지. 너의 모습에 할머니는 사내새끼가 우세스럽게 뭔 짓거리냐며 면박을 주었잖아. 너는 내밀었던 손을 어쩔 줄 몰라 하며 오므렸다 폈다 하다가는 슬그머니 등 뒤로 감추고 "할머니 미워!"라고 했지. 그러자 할머니는 꼬추 떨어진다고 저음의 목소리에 찬바람이 가득했단다. 아마 그때 우리가 할머니를 반기지 않은 것이 괘씸해서 그랬을 거야.

우리의 버릇없는 행동은 고스란히 엄마 탓으로 돌아가 할머니는 엄마를 노려보았지. 너는 할머니의 그 말이 무섭게 마음에 거슬렸는지 댓돌 모퉁이로 가서는 헐렁한 바지춤을 내려 그것을 확인하더라. 그러더니 그것이 안전하게 달린 것에 안도하며 할머니는 거짓부렁쟁이라고 들릴락 말락 뱉어내고는 반항하는 표정을 지었지.

엄마가 눈짓으로 나가 놀라고 하는데도 우리는 나가지 않았잖아. 아마 할머니의 시퍼런 서슬에서 왠지 나라도 옆에 있어줘야 엄마에게 힘이 될 거 같다는 생각이 들어서 그랬는데 철없는 어린 너도 나하고 같은 생각이었나 봐. 입을 댓 발 내밀고는 나가라고 밀어내는 엄마 손에 떠밀려 마루 끝에 서더니, 더 이상 못 물러나겠다는 듯… 후후….

마치 임전무퇴 정신으로 나라를 지켜낸 광화문 광장에 우뚝 서 있는 이순신 장군처럼 양발을 벌리고 버텨 꿈쩍을 하지 않고 있었지.

지금 떠올려도 그때 네 모습 정말 귀엽고 듬직했단다. 그래도 할머니가 엄마한테는 돌아가시는 날까지 곁을 안 줬지만, 우리를 많이 사랑하셨어. 늘 치마 속곳 주머니에 돌돌 말아 넣어둔 쌈짓돈을 우리에게 주시곤 하셨는데 그게 할머니의 사랑 표현 방식이었단다.

돌아가신 분 이렇게 말하면 안 되겠지만 우리 할머니가 보통 유별나셨니? 그러니 모시기가 얼마나 힘드셨겠어. 그것도 아버지 살아계실 땐 당신 마음에 안 드는 며느리 얻었다고 절도 똑바로 안 받았던 분이면서 말이야. 전생에 엄마가 할머니한테 빚을 많이 지셨나 보지. 그렇지 않고는 달리 설명할 도리가 없잖아.

그렇게 늘그막에 아들 잡아먹은 미운 며느리한테 얹혀살러 왔으니, 작은아버지 때문에 전답 모두 팔아 빚 청산해서 어쩔 수 없었다지만, 난 그렇게 생각하지 않아. 그동안 못 시켜먹었던 고추보다 더 매운 시집살이 시켜먹으려고 오기로 오셨던 거라고밖엔 달리 생각할 수 없네. 나 같은 시에미 없다는 말을 입에 달고 사셨지만, 꼭 윽박지르고 큰소리 내야만 무서운 건 아니잖아. 너도 알 거야. 할머니가 방에서 종일 절벽 같은 침묵으로 잘 눕지도 않고 꼿꼿이 앉아계시다가는 낮게 깔며 소리를 꽉꽉 눌러 내놓는 말들 말이야. 난 그럴 때마다 몸에 소름이 돋곤 했단다. 복 많은 양반이지, 해준 거 없는데도 쩔쩔매는 며느리가 있었으니. 홀며느리 시집살이 톡톡히 시키고 가셨지. 참 오래도 사셨어.

*

　정말 할머니는 그렇게 생각하신 걸까? 엄마가 아버지 일 나가시는데 부정 타게 해서 사고 난 거라고? 너도 기억하지? 왜 아버지가 밤에 토하고 난리 나서 우리도 밤에 자다가 깼잖아. 넌 아버지 죽는다고 꺽꺽대며 울고. 엄마가 우는 널 달래주라고 해서 난 울지 말라고 눕혀놓고 토닥거리고 등 긁어주다가 우리 둘 다 잠들었잖아. 아침에 일어나 보니 아버지는 언제나처럼 일하러 가고 안 계셨지. 그 당시 아버지는 명퇴하시고 화물트럭을 운전하셨는데 일하러 가시면 하루씩 주무시고 오셨거든. 엄마가 부엌에서 일하시면서 아버지 걱정을 땅이 꺼지게 하셨어.

　아마 그 다음날이었지, 옆집 할머니가 기르던 똥개를 복날도 아직 먼 초여름에 아랫집 연남이네, 뒷집 순동이네, 이렇게 넷 집이 의기투합해 잡기로 하셨다나 봐. 엄마는 저녁에 아버지 들어오시면 몸보신 시켜드린다고 학교 갔다 오니까 빨간 고무 다라에 하나 가득 마늘을 담아 수돗가에서 까고 계셨지. 넌 봤지? 난 학교 가서 못 봤는데 누렁이 잡는 거. 하기야 너도 못 봤겠지. 봤다면 내가 학교에서 왔을 때 울고불고 난리난리하면서 말했을 거야, 안 그래? 너 심심하면 누렁이랑 놀곤 했잖아. 이사 가기 전까지도 누렁이가 집에 돌아왔을지도 모른다고 신나서 갔다가는 시무룩하게 고개 떨구고 삐질삐질대면서 돌아

51

오곤 했거든.

그날 아버지께서 그 보신탕 드셨냐고? 아니, 어디 문상 다녀오시느라 저녁을 들고 오셨대. 아마 그다음 날 아침에 드시고 일하러 가셨겠지. 그런데 그게 왜 부정 탈 일이야? 할머니는 엄마 때문에 부정 타서 차 사고가 난 거라고 말씀하시지만, 내 생각에 아버지는 속 든든히 드시고 가셔서 먼 저승길 힘드시지 않으셨을 거야.

*

아하 참 곱다. 저거 배롱나무 맞지? 엄마는 꽃이 백일 간다고 백일홍이라고 하셨지. 그래서 나도 얼마 전까지도 백일홍인 줄 알았잖아. 참 우습지. 엄마는 가지 끝에서 소담스런 꽃송이가 한들한들 흔들거리면 지나가는 바람이 간질밥 태우는 거라고 말씀하셨지. 엄마는 배롱나무를 참 좋아하셨어. 우리 집은 마당이랄 수도 없지만, 엄마는 그 집보다 더 오래됐을 거 같은 둥치가 굵은 배롱나무를 무척 좋아하셨지. 배롱나무는 엄마의 땀을 닦아주는 쉼터였던 거 같아.

오후에 일하러 나가시기 전에 배롱나무의 진홍빛 꽃을 보곤 가슴속 깊은 곳에 똬리 틀어 나오기 싫어하는 독소를 뿜어내듯이 깊고 길게 숨을 한번 토해내며 '아! 참 곱다.'라고 말씀하셨지. 그러고 나면 엄마의 누런 얼굴이 정말 독소가 빠져나간 듯 붉은 빛을 띠곤 했단다. 난 엄마의 그 모습이 좋아서 엄마가 과방일 나가실 때면 숙제하던 것도 멈추고 엄마를 하염없이 바라봤지. 비록 몸뻬 바지에 가게 언

52

니들이 입다 준 다 늘어난 티였을망정 우리 엄마는 정말 고왔단다. 너도 그렇게 생각하지?

아마 아빠가 엄마한테 반한 것도 이런 모습 아니었는지 모르겠어. 외갓집 울타리가 온통 배롱나무였잖아. 아버지가 20대 때, 작은 암자에 틀어박혀 공무원 시험 공부하는 친구를 만나 함께 공부하려고 했다지. 그런데 암자를 찾을 수 없어 길을 묻기 위해 들른 집에서 엄마를 만났다잖아. 분명 배롱나무 울타리 밑에서 엄마를 처음 봤을 거야. 상상해 봐. 엄마가 얼마나 예뻤겠어. 충분히 아버지를 하산하게 만들 만했을 거야. 후후 그 탓에 할머니한테 당신 아들 앞길 막았다고 돌아가시기 전까지 지청구를 먹었지만. 아버지는 엄마를 정말 사랑하셨을 거야.

오랜만에 엄마한테 가는 길에 박달재 고개를 올라가 봤단다. 여전히 금봉 처녀와 박달 도령의 조각상이 나를 반기며 햇볕을 받아 환한 미소를 머금고 있더구나. 고개 올라가는 옆으로 목굴암이라는 암자가 있어서 들어가 봤는데 본당에 오백 나한전이 있는 거야. 천 년 된 늙은 느티나무에 굴을 파고 그 안에 삼존불하고 오백 제자인 나한 보살이 새겨져 있는데 그 모습이 내 마음을 울컥하게 하더라. 아마도 박달 도령을 위해 오백 나한 보살님에게 두 손 모아 간절히 기도했을 금봉 처녀의 사랑이 안타까워서. 그리고 우리 엄마도 이곳에 들러 아버지의 안녕을 위해 백팔 배 하며 소리 죽여 법당을 나섰을 그 모습이 부유하듯 아른거려서.

엄마 아픈 걸 내가 빨리 눈치를 챘어야 했는데 그땐 나도 정신이 반은 나가 있었거든. 혼자 있겠다고 엄마가 아무리 우겨도 억지로라도 우리 집으로 모시고 왔어야 했는데, 그러질 못했어. 나도 일을 해야 하고, 엄마도 당장 식당 문을 닫을 수 없고 해서. 지금 생각해 보니 모두 핑계지만 말이야. 엄마가 담그는 깍두기 맛이 소태처럼 짜졌을 때 바로 치료만 받았어도 지금처럼 급격히 악화되진 않았을 거야.

처음 밥장사 시작한 계기가 깍두기였잖아. 가게 언니들 상대로 배달 밥장사하던 것이 맛있다고 입소문이 난 거야. 그래서 본격적으로 집을 개조해 가정식백반 식당을 차렸지. 특히 기사님들한테 인기가 많았잖아. 손님 중에는 깍두기 맛이 일품이라고 두 접시씩 먹고 가는 사람도 있을 정도였으니까.

엄마는 늘 새벽에 깍두기를 담갔는데, 담글 때 마치 구도자처럼 대단히 진지했었어. 엄마 식당의 비결이 깍두기에 있다고 생각하셨거든. 나도 같은 맛을 낼 수 있냐고? 아냐, 아무리 엄마가 알려준 대로 담가도 그 맛을 따라가질 못해. 엄마만의 손맛이지. 우리 집에서 먹을 때도 그 맛이었다고? 당연하지. 엄마가 늘 보내주신 거였으니까. 너나 나나 한 끼라도 엄마 깍두기 없으면 밥을 먹어도 먹은 거 같지 않았잖아.

너 보내고, 네 방뿐 아니라 너와 연관된 것은 볼펜 한 자루도 치우지 못하게 하셨어. 일주일 동안 엄마 곁에 있으면서 내가 너 대신 해

줄 수 있는 것이 아무것도 없더라. 나 또한 멸치고추볶음을 냉장고에서 꺼내놓질 못했어. 널 기억하는 것이 너무 가슴 아파서. 사실 우리 모두 멸치고추볶음을 좋아했잖아. 그렇게 일주일을 보내고 나 혼자 올라왔단다. 시댁에 맡긴 애들도 걱정되고 해서. 엄마도 아무 걱정 말고 빨리 올라가라고 등 떠밀기에 다 괜찮겠지 스스로 위로하며 올라왔지.

지금 생각하면 모두 변명이고 핑계일 뿐이야. 내가 엄마한테 무심했던 거란다. 늘 엄마가 전화해선 애들 유치원은 잘 보냈느냐, 요즘 뉴스 보니 구조조정이 있다던데 김 서방네 회사는 별일 없느냐, 김치 떨어지지 않았느냐 등등 내게 전화를 할 기회를 안 주시고 시도 때도 없이 먼저 전화를 하셨단다. 그리곤 엄마 할 말만 하고는 끊는다는 소리도 없이 전화를 끊어버려서 내가 하고 싶은 말은 정작 하지도 못할 때가 한두 번이 아니었어. 어쩌다 벨소리를 못 들어 전화를 안 받으면 열 번이고 스무 번이고 부재중 전화 표시가 떠 있었지. 확인해보면 몇 분 사이에 수없이 통화 버튼을 눌러댔던 거야. 나도 놀래서 엄마 무슨 일이라도 있냐고 하면, 아무 일도 없다고 그냥 내가 걱정돼서, 라고만 하셨지.

*

시간이 흐르면 잊힌다고 했던가? 아니더라. 밥하다가도 운전 중에도 네 손톱을 닮은 손톱을 봐도 목구멍으로 넘어와 콧구멍으로 찐

한 소독약 냄새가 번지며 눈앞이 흐려졌어. 내가 이 지경인데 엄마는 오죽했겠니.

어느 날부턴가 내 걱정만 하시던 엄마가 아프다는 말씀을 하시기 시작했던 거야. 처음에는 놀라서 당장 내려갔지. 무릎이 너무 아파 밤잠을 설치셨다며 인공관절 수술을 해야 할 거 같다고 하셨지. 정형외과 의사는 전혀 수술할 정도가 아니라면서 연세에 비해 관절 상태가 대단히 양호하다는 거였어. 그 이후론 마치 아프다는 것으로 엄마의 존재를 확인이라도 시켜주는 것처럼 안 아픈 곳이 없었지. 그때마다 병원에 가서 검진 받고 이상 없다는 말을 들으며 나는 안심하는데 엄마의 표정은 어딘지 서운함이 깃들어 있었어. 나도 힘든데 엄마의 꾀병이 나를 점점 지치게 하더라. 엄마한테 이제 그만 식당 접고 나하고 같이 살자고 했지. 그렇게 하자고 할 줄 알았는데 엄마는 아니라며, 아직은 끄떡없으니까 걱정하지 말고 정 힘들면 그때 생각해 보자고 하시는 거야. 그때 엄마는 우울증이 점점 깊어지고 있었던 거였는데 난 정말 몰랐어.

하루는 엄마가 전화해서는 암만해도 앞이 잘 안 보이고, 사물이 두 겹으로 보이는데, 황반변성인 거 같다고 하시더라. 황반변성이 노인들에게 흔한 백내장 하고 다르게 점점 시력을 잃어가는 병이잖아. 그래서 덜컥 겁이 나더라. 그런데 이번에도 병원에서는 이상이 없다는 거야. 의사가 조심스럽게 심리적 요인일 거 같다고. 그 말에 엄마는 나보고 정신병원에 가보라는 거냐고 불같이 화를 내셨지. 며칠 후, 무심히 드라마를 보는데, 거기서 치매 환자가 나오는 거야. 혹시나 하는 생각이 들지 뭐니. 그래서 당장 엄마 모시고 대학병원에 검진받으러 갔지. 워낙 강인하신 분이었기에 아닐 거라고 날 위로하면서. 진정 아니길 바라며 결과를 기다렸단다. 참 많은 사람이 치매에 걸린다는데, 엄마는 그렇게 무너졌지. 하지만 엄마의 세상은 내가 걱정하는 세상과는 다른가 봐. 그곳에서 엄마는 행복하게 잘 지내고 계시더구나. 어느 날은 젊은 날의 아버지와 함께 수줍은 미소를 지으며 꽃구경도 하고, 또 다른 날은 군에서 휴가 온 너를 맞이하기도 하고.

*

넌 소복이 쌓이는 눈을 보면 마음이 평온해진다고 눈 덮인 겨울을 좋아했는데, 눈만 내리면 하룻강아지처럼 내복 바람에 마당에서 팔딱팔딱 빙글빙글 돌며 좋아했었지.

난 지금도 간혹 꿈을 꾼단다. 그때 그날이 없었다면 너도 엄마도 모두…. 삼 년 고생 끝에 드디어 1차 합격 통보받고 밤잠 설쳐가며 2차를 열심히 준비했지만, 결과는 불합격. 오히려 낙심하는 우리를 네가 위로하며 심기일전하는 마음으로 설산 보고 오겠다고 집을 나섰지. 그때 그날, 너를 왜 말리지 못했을까. 지금도 그날만 생각하면 억장이 무너져 내리는구나. 2월은 날씨가 워낙 변덕스러워 믿을 수 없는데 설마 했단다. 입춘이잖아, 눈이 오겠어. 안일하게 생각했었던 거 같아. 시간이 흘렀는데도 가슴을 움켜잡고 팔딱팔딱 뛰다 숨넘어갈 거 같고. 숨도 안 쉬어지고 목에선 꺽꺽 소리만 새어 나와. 아이 참! 내가 별말 다 한다, 그치? 어, 그 많던 새털구름이 다 어디로 사라졌지?

지성아, 누나가 한동안은 네게 못 올 거 같아. 네 매형이 중국 하이난으로 발령이 나서 가족 모두 가게 됐단다. 엄마도 그렇고 그래서 혼자 갔으면 했는데… 남들은 애를 위해 일부러 유학도 보내는데 이렇게 좋은 기회가 어디 있느냐고 다들 못 가서 안달인데 왜 받아놓은 밥상을 걷어차려 하냐고 주변에서 하도 성화들을 해서. 미안해. 나 없는 동안 엄마 부탁해. 절대로 너 있는 곳이 아무리 좋아도 내 허락 없이 엄마 데려가면 안 돼. 알았지. 엄마까지 그곳으로 가면 나 혼자 남잖아. 조금만 더 내 곁에 있게 네가 잘 보살펴 줘.

바람도 불지 않는데 배롱나무 꽃가지가 흔들리는 걸 보니 네가 나뭇가지를 살살 간질이고 있는가 보다. 너 보러 여기 올라올 때 낮달이 저기 있었는데 이런 벌써 석양이 지고 있네. 늦었다. 난 너하고 얘기하다 보면 시간 가는 줄도 모르겠어. 벌써 가야 할 시간이야. 지난봄 처음 떼를 입혔을 때만 해도 듬성듬성해서 언제 고루 덮일까 했는데. 어느새 곱게 입었네.

9월 새 학기에 입학이라 15일에 떠나. 애들 겨울방학 하면 그때 꼭 올게. 올겨울엔 함박눈이 소복이 내려주었으면 좋겠다.

안녕, 다음에 만날 때까지 잘 있어.

무채의 뜰

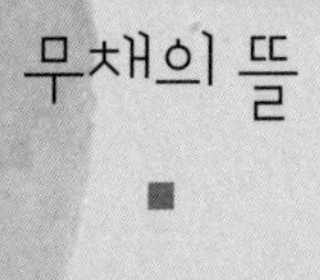

우물가에 있는 감나무가 그의 눈에 들어왔다.
선홍색으로 잘 익은 감이 먹음직스러워 보였다.

무채無彩의 뜰

1

삼월 첫날 아침, 송 영감은 늘 하던 버릇처럼 TV를 켜놓고 비스듬히 소파에 누워 뉴스를 보고 있었다. 그것은 언제부터인가 조간신문을 대신하는 것이었다. 리모컨을 누르면 언제든 원하는 채널이 나오는 세상이 되었지만, 엉성한 스피커 통에서 듣는 라디오 방송과 조간신문을 읽어야 세상 돌아가는 것을 알던 시절이 그리웠다. 그는 시계를 들여다보고 리모컨을 눌렀다. 바뀐 화면에 나온 젊은 여자 아나운서가 오늘은 황사가 심하고 건조하니 노약자는 외출을 삼가라는 말을 할 때, 밖에서 누가 벨을 눌렀다.

그는 우리나라 지도 위에 해가 뜨고 구름이 피어나는 그림을 보고 나서 현관 쪽으로 고개를 돌렸는데, 방문객은 한 번 벨 소리를 울리고 잠시 기다리는 것 같았다. 오랜만에 듣는 벨 소리였다. 아들네가 분가하여 두 노인네만 사는 곳에 아침부터 방문할 사람이 누굴까? 그는 고개를 갸웃했다. 그의 귀에 방금 들린 벨 소리는 매우 낯설고 불안했다. 그는 천천히 거실을 가로질러가 현관의 문고리를 쥐었다. 문을 열어보니 거기에 허연 머리카락에 자글자글 주름진 얼굴을 하고 있는, 키 작은 늘그막의 남자가 서 있었다. 그는 산지기 영식 아범으로 오랫동안 고향 집 행랑채를 쓰면서 종산과 옛집을 관리해오고 있는 사람이었다.

어르신 그동안 별고 없이 건강하신지요?

영식 아범은 꾸벅 고개를 숙이더니 투박한 손으로 무엇인가를 내밀었다. 거기에는 신문지에 싼 산더덕이 들어 있었다.

자네는 별일 없었는가?

송 영감과 비슷한 연배지만 그는 늘 영식 아범에게 하대했다. 그는 삼십여 년 동안 집안사람들에게 마치 큰 죄라도 지은 것처럼 머리를 조아리며 대답하곤 했다. 그는 아침부터 찾아온 방문객이 별로 달갑지 않았다. 우선 손님을 거실의 소파에 앉히고 나서 아내에게 커피를 내오게 했다. 그러고 나서 그가 줄곧 송구스러워하는 이유가 무엇일까를 생각했다. 주방과 거실을 오가는 아내도 불안한 눈빛을 감추지 못하는 건 마찬가지였다. 영식 아범은 그의 안색을 살피며 망설이다가 작심한 듯 낯빛을 굳히며 말했다.

지 건강이 안 좋아서 큰 병원으로 가야 할 거 같구만요. 어르신 덕에 자석들 시집 장가까정 다 보냈습니다요. 어르신 뒷일까지 지가 해드리려고 했는데… 지 뜻대로 안되나 비요.

이쯤에서 말을 끊고 그의 눈치를 살폈다. 그리고 무어라 그의 입에서 떨어질 말을 초조하게 기다리며 오른손바닥으로 연신 무릎 언저리를 비벼댔다.

그래서 자넨 어쩔 생각인가?

자석 늠이 대전에 사는디 지를 델꼬 가야겠다고 해서…. 어르신께는 늘 고맙지요. 쌀 한 톨 안 가져가시고… 고골로 선산 지키맨서… 지들은 그동안 어르신 덕에 편케 잘 살았는디, 지 몸이 그전 같지 않아서… 인자는 더 이상 선산을 모실 기력이 없구만요.

그는 가타부타 아무 대답도 하지 않았다. 거실의 넓은 창으로 흙비라도 일변 쏟아질 듯 하늘이 잿빛으로 무겁게 내려앉아 있었다. 이런 날이면 여느 날과 달리 송 영감은 걷기조차 힘들 정도로 고통스러웠다. 지병인 퇴행성관절염이 한층 더 극성을 부리며 무릎 속 깊이 통증을 안겼다. 그는 오만상을 찌푸리고 소파 옆에 있는 안마기만 바라보았다.

거실 중앙벽면에 걸려 있는 커다란 텔레비전은 그들의 대화를 거슬리지 않을 만큼의 소리를 내고 있었다. 그는 늘 텔레비전을 켜놓는 버릇이 있었다. 정년퇴직을 한 후론 늦게 얻은 손주의 하루가 다르게 커가는 모습을 바라보는 것이 그에게 있어서 최대의 낙이었다. 그 외에는 거실에서 텔레비전이 가장 잘 보이는 일인용 소파에 앉아 중국 무협극을 보거나 안마기를 쓰는 일이었다. 잠시 광고나 다음 프로그램으로 넘어가기 위해 시청하던 극이 멈추면 버튼의 숫자가 다 지워진 리모컨으로 모든 채널을 검색했다. 가끔은 점심 식사 후 노인정에 나가 바둑이나 장기를 두고 오기도 했다.

그는 텔레비전 소리에 겹쳐 있던 영식 아범의 말을 기억하며 잠깐 안색을 살폈다. 그러고 보니 영식 아범의 낯빛이 봄철 하룻볕에 그을린 것이라고 하기에는 거무튀튀한 게 꺼칠해 보였다. 그 모습을 보니 지난해 고향에 들렀을 때 그의 안사람이 영식 아범이 식사는 잘하는데 자꾸 마르는 것이 예사롭지 않다고 하던 말이 생각났다.

알았네. 그동안 자네가 수고 많이 한 거 내 알지.

그는 젊어서부터 입버릇처럼 말년에는 고향에 내려가 살겠다고 말해 왔었다. 그러나 막상 정년퇴직을 한 뒤에 고향으로 내려가기 위해 계획을 세우자 주위의 만류가 이만저만이 아니었다. 특히나 아내가 절대적으로 반대하고 나섰다. 아내는 시골 생활을 한 번도 해보지 않았기에 도시를 떠나서 산다는 것에 엄두를 내지 못하는 것 같았다. 그렇게 시간은 흐르고 고향으로 내려가 살겠다는 바람은 마음만 있을 뿐이었다. 여러 여건상 그의 생각만으로 쉽게 실행에 옮길 수 있는 사안이 아니라는 것을 송 영감은 너무도 잘 알고 있었다.

영식네는 미리 고향을 뜰 준비를 하고 있었던 듯 바로 고향 집 행랑채를 비웠다. 그들이 떠나고 두서너 달 동안 고향 집이 비었다. 영식네가 그곳에 사는 동안 그들은 행랑채만 사용하고 안채는 청소만 하면서 관리했었다. 송 영감이 일 년에 한두 번 그곳을 찾을 때마다 안채는 늘 깨끗이 정돈되어 있었으며, 깔아놓은 방석이 색만 바랬을 뿐 정갈했다.

송 영감의 말에 토하나 달지 않고 잘 따르던 그의 아내는 고향 집 얘기만 나오면 왕고집쟁이가 되어 돌아앉곤 했다. 시골 생활은 죽어도 못한다, 가고 싶으면 당신 혼자나 가라, 졸혼이나 황혼 이혼이라도 불사하겠다 고집을 부리곤 했다.

그러던 그의 아내가 갑자기 마음을 바꿔 먹은 이유는 알 수가 없었다. 갑작스러운 결정은 주변 사람들을 놀라게 했다. 송 영감은 쫓기듯 정신없이 고향 마을로 내려왔다. 조상 대대로 살아온 낡은 고택은 옛날의 위용을 여전히 간직하고 있었다.

2

고향 집에 내려와 살기 시작하면서 그는 아침저녁으로 마당을 쓸었다. 아내는 그의 괴벽과 같은 마당 쓸기 노릇에 기가 질려 하며 무슨 마당을 방보다 더 깨끗이 하려 하냐며 그의 집착에 면박을 주었다. 혹여 무리하다가 건강을 해칠까 걱정을 하는 눈치였다. 그래도 그는 마당 쓸기를 무슨 사명이라도 되는 양 비가 오는 날조차도 멈추는 법이 없었다.

그는 아침 일찍 일어나 마당을 결 고운 싸리비로 쓸고 났을 때의 청량한 기분이 좋았다. 햇살을 바라보며 두 눈을 굳게 감았다. 마당 쓰는 작업은 그에게는 간절한 기원에서 비롯된 것이었다. 비록 흙 마당이지만 고운 비로 깨끗이 쓸어 마당이 광을 낸 것처럼 반질거리는 것을 보면 오늘은 반가운 기별이 날아들 것 같았다. 그래서 그는 아침 저녁으로 마당을 쓸었다.

어느 날 보니, 그가 마당을 너무 곱게 쓸었기 때문에 흙이 쓸려나 갔던 것인지 마당 한가운데에 그동안은 보이지 않던 주먹만 한 돌이 뾰족이 튀어나와 있는 것이 보였다. 주먹만 한 돌멩이가 옥에 티처럼 눈에 거슬렸다. 저것만 파낸다면 소원하는 것이 이루어질 거 같았다.

저놈의 돌멩이, 오늘은 저놈의 돌멩이를 뽑아버리리라 마음먹고 호 미를 가져와 파내기 시작했다. 쉬이 뽑아 버릴 것 같았던 주먹만 한 돌멩이였다. 허나 호미자락으로 힘을 주어 들어내려 하였지만 꿈쩍을 하지 않는 것이었다.

어라? 이놈 봐라.

그는 돌부리를 캐내기 위해 땅을 파헤쳤다. 그렇게 마당 쓸기로 시 작하던 하루의 일과가 이젠 돌부리 주변의 땅을 파내는 일로 해가 뜨고 졌다. 돌부리는 생각보다 훨씬 컸고, 구덩이는 어느 새 한 길이 나 파내려갔다.

오늘도 어느덧 햇살이 머리끝 정수리를 따갑게 내리쬐고 있었다. 온몸이 땀으로 젖어 작업복 삼아 입고 있는 운동복 바지와 긴소매 남방셔츠가 삽질할 때마다 쩍쩍 들러붙어 일손을 더디게 했다. 아내 는 점심을 짓다 말고 그를 안쓰럽게 바라보며 머리를 내둘렀다.

끙 앓는 소리와 함께 그는 허리를 폈다. 양쪽에 흙이 가득 담긴 등 지게를 지고 위태롭게 사닥다리를 오르는 모습이 보이자, 아내가 빠른 걸음으로 다가가 그것을 받아들어 주었다. 마당 위로 올라선 그는 아내의 손에서 양동이를 받아 들고는 흙더미가 높고 넓게 쌓여있는 곳에 그것을 쏟아내고는 다시 사닥다리를 타고 내려갔다.

그만하고 점심 드세요.

그는 아내의 말을 귓등으로 듣고는 아무 대꾸도 없이 삽을 들어 돌부리 주변의 흙을 파내기 시작했다. 두 양동이에 흙이 가득 차자 조금 전과 마찬가지로 그제야 허리를 펴고 등지게를 짊어지고는 사닥다리를 오르기 시작했다. 아내는 이번에는 도와주지 않고 혀만 찼다.

도대체 돈 나오는 것도 아닌데 그만 좀 하세요.

그는 옷에 묻은 흙을 툭툭 털고는 대청마루로 올라가 차려 놓은 점심을 먹었다.

누가 쫓아오는 것도 아닌데 천천히 좀 드세요. 체하겠어요.

아내가 잔소리하며 숭늉을 컵에 따라 줬다.

눈꺼풀이 움푹 들어간 눈을 끔벅이며 버석하게 마른 입술로 비 올 거 같다고 그는 허공에 말을 뿌렸다.

아니, 이렇게 하늘이 맑은데 뭔 비가 와요?

하늘은 구름 한 점 없이 맑고 태양의 기세는 온갖 식물을 기죽일 만큼 열기를 뿜어내고 있었다. 아내는 그의 비 올 거 같다는 소리의 말뜻을 짐작하고 있었다.

못 말려. 내가 영감 고집을 어떻게 말리겠어요.

아내는 혼잣말로 중얼거리며 신경질적으로 밥상을 들고 부엌으로 가버렸다. 부엌에서 숟가락 젓가락이 설거지통에 부딪히는 소리에 그녀의 감정이 고스란히 실려 그의 가슴을 찔렀다.

아내는 며칠 전 그 일이 있은 다음부턴 겸상하지 않고 그가 먹고 난 후 부엌에서 혼자 밥을 먹었다. 그것은 그에 대한 일종의 시위였다.

그날은 낮에 더위를 식혀 주기 위해 살짝 내린 비 때문에 사닥다리 표면에 물막이 입혀져 미끄러웠다. 사닥다리를 타고 내려가던 그는 아차 하는 실수로 발이 미끄러지며 그만 바닥으로 곤두박질쳤다. 어깨에 지고 있던 빈 지게의 요란한 소리에 아내가 기겁해 달려 나왔다. 다행히 그는 조금의 타박상만 입었을 뿐 크게 다치지는 않았다. 무심한 척 일어나 몸에 묻은 진흙을 툭툭 털었지만 이미 옷은 군데군데 진흙이 엉겨붙고 젖어 있었다. 아무 일도 없었다는 듯 삽을 들고 일을 하려는 그를 향해 아내가 냅다 소리를 질렀다.

아휴, 내가 당신 때문에 못살아. 못살아.

아내는 구렁 위에서 발을 동동 구르며 소리를 질러댔다.

그게 뭐라고 눈만 뜨면 종일 씨름이요. 그 속에 뭐가 들었다고 그러시오. 그 돌덩이가 돈이 돼요, 금이 돼요. 정말 못 살겠소. 당신 그러는 꼴 종일 보고 있으려니 속이 뒤집혀 못 살겠소. 계속 그럴 거면 난 내일 당장 집으로 올라가리다.

아내는 밤늦도록 송 영감에게 담판을 내라고 성화를 내고 어르고 했다. 그는 아내의 안타까운 잔소리에 아무 대꾸도 없이 앉아 있다가 그녀에게 등을 보이며 돌아눕는 것으로 대답을 대신했다.

다음 날 아침, 그는 여느 날과는 다르게 몸을 굼뜨게 움직였다. 오른팔을 사타구니 속에 내리고는 엉성하고 느리게 왼손만으로 밥그릇과 국그릇을 오가며 아침을 떴다. 아내는 그의 모습이 측은하면서도 미련스러움 때문에 부아가 치미는 모양이었다.

당신은 그놈의 고집 땜에 제 명에 못 살 거요. 내 말 좀 들으시구랴. 고집만 부리지 말고….

송 영감은 아내의 잔말에 눈살을 한 번 찌푸렸다. 그는 더 듣고 싶지 않다는 말 대신 숟가락을 밥상에 소리 나게 내려놓았다. 그는 마루를 내려가 등지게를 지려다 여의치 않자 도로 내려놓고는 구렁으로 내려가기 위해 걸음을 옮겼다. 그의 거동을 씩씩대며 쳐다보던 아내가 별안간 치마 밑에 징그러운 것이라도 들어간 양 화다닥 일어났다. 그 바람에 밥상이 밀리며 밥그릇이 마룻바닥으로 굴러 떨어졌다. 아내는 그것을 치울 생각도 없이 급하게 신발을 꿰어 신고는 집을 나가버렸다.

대문이 요란하게 닫히는 소리를 들으며 그는 중얼거렸다.

두고 봐. 내 기어이 너하고 끝장을 보고 말 거니까.

점심때가 다 되어 다시 돌아온 아내는 파스와 연고가 들어 있는 비닐봉투를 사랑방에 던져두고는 부엌으로 들어가 점심을 차렸다. 아내가 그와 겸상을 하지 않은 것이 그날부터였다.

부엌에서 신경질적으로 깍두기를 씹는 아내의 소리가 그의 귀에 들렸다. 아내의 마음을 이해 못하는 건 아니었다. 그는 가장으로서의 권위를 지키며 살았다. 가족에게 살가운 말로 표현한 적은 없지만, 그들에 대한 사랑만은 남다르다고 생각하며 살아왔다. 권위적으로 보이기 위해 억지 행세를 한 것은 아니었다. 어려서부터 보고 배운 것이라 절로 몸에 밴 습성이었다. 그는 끙 소리를 내며 또 흙을 파기 위해 몸을 일으켜 마당으로 나갔다.

3

일찍 잠들었기 때문일까. 송 영감은 빗소리에 소스라치듯 잠에서 깨어났다. 그는 그날 오후부터 빗줄기가 굵어지자 일을 멈추었다. 호미로 파내려고 한 돌멩이는 바다 위에 떠 있는 빙산처럼 밑을 짐작할 수 없었다. 파내려고 주변의 흙을 떠낼 때마다 점점 더 돌멩이 둘레가 커져만 갔다. 돌멩이가 아니었다. 바윗덩어리였다. 깊게 파 내려갔지만, 전혀 바위의 크기와 깊이를 가늠하기 힘들었다.

아직도 돌의 밑동이 보이지 않았다. 그는 이번 주말까지는 이 일을 마무리하고 싶었다. 곧 있으면 장마가 시작될 텐데…. 그는 조바심이 났다. 오늘은 기필코 끝을 보겠다고 마르고 터져 피가 맺힌 아랫입술을 잘근잘근 씹으며 바위를 노려보았다. 끝이 보일 듯 말 듯 감질이 났다. 아내가 저녁을 차려 놨다고 하는데도 들은 체하지 않고 삽질에 곡괭이질을 해댔다. 틈틈이 양동이에 수북이 쌓인 흙을 버리기 위해 불나게 사닥다리를 오르락내리락했다.

바위의 밑동이 보이는 듯싶었다. 신이 났다. 없던 힘이 어디서 솟았는지 불끈불끈 어깨에 힘이 실렸다. 거 봐라, 요놈. 네깐 놈이 아무리 버텨봤자 나를 이기겠느냐. 그의 입에서 절로 흥겨운 가락이 피어올랐다. 영차, 여엉차, 여엉차아아. 드디어 바위의 밑동이 보이기 시작했다. 조금만 더 파헤쳐서 곡괭이로 땅을 지지해 들어올리면 끝날 것이다.

해는 벌써 뒷산을 넘어간 지 반 시간은 지났다. 저녁상을 차려 놓고 그가 앉기를 바라던 아내가 기다림에 지쳤는지 그러다 쓰러지고 말겠다고 근심스럽게 성화를 댔다.

오늘 밤 안으로 이 바위의 뿌리를 뽑아내고 말겠다는 생각에 허기도 느껴지지 않았다. 거의 다 되었다. 거의 다 되었다. 조금만 더 조금만 더. 틀림없이 땅과 바위 사이에 틈새가 벌어졌어. 그는 곡괭이의 뾰족한 부분을 바위에, 평평한 부분을 땅에 대고 눌렀다. 바위를 단번에 들어올리기 위해 모든 기를 끌어모아 있는 힘껏 곡괭이 자루에 온몸을 실어 껑충 뛰어올랐다.

들렸다. 그러나 바위가 아니었다. 곡괭이 자루 끝에 그의 몸이 대롱대롱 매달려 들려 있었다. 곡괭이 자루에서 분리되며 몸이 땅바닥으로 툭 하고 떨어졌다. 아내가 기겁하며 뛰어 내려와 그를 부축했다. 잠시 후 기력을 찾은 그는 말없이 사닥다리를 타고 올라갔다. 부축하려는 아내의 손도 거절하고 방으로 들어가 끙 소리 한 번 내고는 자리에 누웠다.

하루를 온전히 누워 있던 그는 이튿날 새벽같이 일어나 바위 주변을 살폈다. 분명히 바위 밑동이 땅으로부터 들려 있었다. 삽으로 갈라진 밑동에 넣어 쑤셨다. 돌과 쇠붙이가 충돌했을 때 나는 불쾌한 소리가 귀를 거슬렸다. 삽자루 쥔 손이 부르르 떨렸다. 그 바위 밑으로 더 넓은 바위가 삐죽이 몸통을 드러내고 있었다. 다 되었다고 생각했는데 다시 원점으로 돌아가자 송 영감은 다리의 힘이 죽 빠지며 흐흐흐 헛웃음이 났다.

4

송 영감의 집은 근동에서 가장 컸다. 그의 아버지가 구한말 목재를 강원도에서부터 공수받아 튼튼하게 개보수한 것으로 겉모습만으로도 그 위용을 자랑할 만했다. 그 집에 걸맞은 넓은 마당은 그 집을 들어서는 사람들을 주눅들게 하기에 충분했다. 높은 대문을 들어서 집까지 들어가는 걸음이 시원스레 걷기에 넉넉한 거리였다.

어릴 적, 이른 아침에 덜 깬 눈을 비비며 대청마루로 나오면 그의 귀에 제일 먼저 마당 쓰는 소리가 들렸다. 그리고 깨끗하고 환한 마당을 수탉이 푸득거리고 뛰어다녔다. 그 뒤를 멍구가 쫓았다. 어머니가 장독대에서 고추장을 떠 부엌으로 바쁜 걸음을 재촉해 지나가며 이놈의 녀석, 하고 들고 있던 고추장 묻은 숟가락으로 짓궂게 구는 강아지를 야단치는 시늉을 했다. 댓돌 위에는 주인의 기척을 기다리는 어미 개가 혓바닥을 빼고 새끼의 하는 요량을 사랑스럽게 바라보고 있었다.

　그는 뒷걸음으로 대청마루에 배를 깔고 내려서며 댓돌 위에 놓여있는 신발을 꿰신었다. 그의 눈에 비친 마당은 누나 손잡고 따라간 만국기가 펄럭이는 운동장만 하게 보였다. 그는 그저 마냥 신나고 좋았다. 멍구의 뒤를 쫓아 멍구처럼 멍멍거리며 방향을 잃고 이리저리로 푸드득거리는 수탉과 함께 뛰어놀곤 했다.

　그 보기 좋았던 집 마당이 흔적 없이 변해버린 것을 보고는 마을 사람들은 황당해했다. 그의 이해 못할 행동에 모두 머리를 내두르며 어처구니없어 했지만 한편으론 안타깝게 여기는 듯했다. 그래도 예전에는 제법 행세깨나 하던 뼈대 있는 가문인 만큼 집은 훌륭했다. 멀리 보이는 산을 병풍 삼아 지어진 저택으로, 본체는 지층에서 돌계단을 삼단이나 쌓아 올려 높게 자리하고 있었다. 특히 넓은 마당이 일품인 집이었다.

　마당 한가운데 이런 게 놓여 있으면 결코 좋지 않아.

　그는 근간에 일어난 모든 일이 이놈과 무관하지 않을 거라는 생각이 자꾸 들었다. 돌을 파내기 위해 흙을 떠내면서 깊이가 그의 키를 넘어섰을 때쯤 확신이 들었다. 자나깨나 그의 가슴을 짓누르는 원흉이었다.

　며칠 삭신이 녹아내리도록 작업을 하고 지쳐 쉬고 있을 때, 작은아들 내외가 갑자기 찾아왔다. 그들은 대문을 들어서다 마당을 보고는 깜짝 놀라며 굳어버렸다. 마당 한가운데를 움푹 파놓은 것 하며, 어른 키만 한 바위가 그 속에 떡하니 버티고 있었기 때문이다.

작은아들이 그를 이곳에 데려다준 것이 불과 몇 개월 전이었다. 햇볕에 그을려 쪼글거리는 얼굴에 앙상한 민둥다리를 하고 있는 그를 보며, 아들은 슬픈 표정으로 콧물을 들이켰다. 아들은 아버지가 몸을 축내 가면서까지 보기 좋은 마당을 왜 그렇게 못쓰게 만들어 버리고 있는지 도통 이해할 수 없다는 표정을 지었다.

돌을 파내려고 한다니까.

왜 돌을 파내시려고 하냐는 아들의 두 번째 질문에 그는 마당에 보기 흉한 돌이 있는데 파내는 것이 당연한 것 아니냐며 화를 벌컥 냈다. 그들의 대화를 답답해 죽겠다는 표정으로 듣고 있던 아내가 거들고 나섰다.

그게 말이다, 조금 파다가 안 될 거 같으면 그냥 도로 덮어놓으면 될 일을 내가 못 살겠다. 내 말을 죽어라고 안 들으시니 니가 함 잘 말씀드려 말려 봐라.

그는 둘째네의 방문이 별로 달갑지 않았다. 필시 아내의 부탁을 받고 온 것이 뻔했기 때문이었다.

형은 다녀갔나요?

작은아들의 물음에 아내는 그의 눈치를 얼른 살피고는 아들을 향해 머리를 흔들었다. 더 이상 아무 말도 하지 말라는 듯이 눈을 끔뻑였다.

그때 어머니께서 끝까지 고향에 못 내려가겠다고 우겼으면 됐을 것을… 왜 갑자기 마음이 바뀌신 거예요?

어머니를 원망하는 듯한 작은아들의 말투에 아내는 네 아버지 때문에 어쩔 수 없었다는 말만 하고는 땅이 꺼지게 한숨을 내쉬었다.

하룻밤 자고 아들 내외는 돌아가기 전에, 그에게 이러다간 정말 큰일 난다고 형 생각도 하셔야 않겠느냐며 더 이상 땅을 파지 말아 달라고 신신당부하는 말을 되풀이했다. 그러나 그의 표정은 고집스럽게 닫혀 있었다.

작은아들 내외가 아침밥을 드는 둥 마는 둥 하고 떠나자 그는 한나절을 대청마루에 앉아 마당을 멍하니 바라보다가 먼 산으로 눈길을 뻗었다. 그 산은 산머리에 모여든 검은 구름으로 인해 노인이 갓을 살짝 들어 올려 하늘을 우러르고 있는 듯했다. 그는 주섬주섬 자리를 털고 일어났다.

점심때가 다 되었는데 또…?

아내의 말을 잘라먹으며 그는 아무 대꾸도 없이 신발을 꿰어 신고 마당으로 나섰다. 아내는 저 고집을 누가 말리냐며 머리를 내둘렀다. 그래도 고향에 내려온 후론 그의 낯선 행동이 별로 나타나지 않았기 때문에 마음을 놓고 있는 듯 보였다.

5

기억에 이상이 생기기 시작한 것은 그때쯤이었다. 툭하면 그는 텔레비전 리모컨을 손에 들고서 리모컨이 없어졌다고 소파 속까지 들춰내며 찾았다. 자신의 감정을 잘 표출하지 않던 그가 근래 들어 벌컥벌컥 화를 잘 냈다. 노인정에선 별일도 아닌 것으로 친하게 지내던 박 노인과 멱살잡이를 하며 싸웠다. 그곳에 있던 노인들의 말에 의하면 박 노인이 일방적으로 억울하게 당했다고 했다. 지금은 외롭게 살고 있는 어느 한 노인이 소싯적 여복이 많았노라고 자랑삼아 한 말에 박 노인이 죽은 자식 불알 만져 뭣하냐며 핀잔주듯이 응대해줬을 뿐이었다. 그때 그가 느닷없이 화를 벌컥 내며 박 노인의 멱살을 잡았다는 것이었다. 매사에 조심스럽고 묵직한 그였기에 낯선 그의 행동이 예사롭지 않게 보이는 건 당연했다.

그는 2주에 한두 번씩은 버스를 타고 시내까지 나갔다. 대부분은 당뇨로 인한 합병증으로 심장내과와 비뇨기과의 정기적인 병원 진료였다. 간혹 고교 동창 사무실에 들렀다 오기도 했는데, 들어오는 길에 30년 단골 이발소에 들러 깔끔하게 이발까지 하고 들어오는 것이 유일한 외출이었다. 주로 열 시쯤 외출했다가는 두 시쯤에는 모든 볼일을 마치고 귀가했다.

아내는 그가 외출할 때마다 택시 타고 다니라고 성화였지만 그는 운동 삼아 버스를 타고 다녔다. 그날도 병원 진료 예약이 있어 외출을 했다. 그런데 어느 순간 아무 기억이 나지 않았다. 조금 전에 버스에서 내린 것은 기억이 나는데, 왜 자신이 버스에서 내렸는지 무엇을 하려고 했는지 떠오르지 않았다. 당황스럽고 겁이 났다. 어떻게 머릿속이 텅 빈 듯이 아무 생각도 나지 않을 수 있는가 두렵고 겁이 났다. 더 두려웠던 것은 집으로 돌아갈 버스 번호가 기억나지 않는다는 것이었다. 집 주소나 전화번호까지도 기억나지 않았다. 핸드폰은 없었다. 걸 일도 별로 없고 쓸데없이 스팸 전화나 문자만 오는 것이 귀찮아 몇 년 전에 없애버렸다.

아내는 이발도 하지 않고 한나절 사이에 초췌해서 돌아온 그를 근심스러운 눈빛으로 물었다.

많이 늦었네요. 병원에서 뭐라고 해요?… 점심은 뭘 드셨수?… 왜 이발은 않고 그냥 오셨수?

아내의 연이은 물음에 퀭한 눈을 멀뚱거리다가 아내와 눈이 마주치자 얼른 외면해버리며 발을 내려다봤다. 신발을 벗자 눌려있던 물집이 터지기라도 했는지 엄지발가락과 새끼발가락이 욱신거렸다. 그러나 그는 아픔을 아픔으로 못 느낄 만큼 가슴이 막혔다.

6

그를 부르는 소리에 눈이 번쩍 뜨였다. 희미한 소리에 이끌려 마루로 나온 그는 두 눈을 끔벅였다. 눈이 침침해 앞을 분간할 수 없었다. 손등으로 황급히 두 눈을 문질러 뜨는 순간 강한 황금빛의 불덩이가 그를 향해 일시에 아우성치며 쏟아져 내렸다. 너무 갑작스러운 빛의 출현에 그는 넋을 놓았다. 한순간 두 눈을 찌르던 빛은 온데간데

없이 사라지고 마당 한가운데 회전목마가 환한 형형의 빛을 뿜으며 빙글빙글 돌고 있었다. 그 옆으로 구불구불한 꼬마열차가 어린 손님을 가득 태우고 달려갔다. 열차에 탑승한 아이들은 환성을 지르며 두 손을 하늘로 뻗어 흔들어대며 즐거워했다.

할아버지 빨리요, 늦으면 못 탈 수도 있어요, 라고 재촉하며 작고 여린 손이 그의 검지를 잡아끌었다. 때마침 어디서 시작된 바람인지 거센 바람이 불었다. 작고 여린 손은 그의 손가락을 놓치지 않으려 안간힘을 쓰며 손아귀에 힘을 주었다. 그때 바로 그 손을 잡아주었어야 했다. 그러나 그는 눈동자 외에는 자신의 신체가 아닌 듯 꿈쩍을 할 수 없었다. 심장의 피가 다 쏟아져 내릴 것 같은 애끊음에 몸부림치며 소리를 질렀지만 표출되는 것은 벌건 눈동자와 꺽꺽대는 비명뿐이었다. 있는 힘껏 손가락을 움직였다. 손가락만이라도 움직일 수 있다면 가위눌림에서 벗어날 것 같았다. 그러나 허사였다. 마당을 가득 메웠던 놀이동산이 한순간에 사라졌다. 동시에 작고 여린 손도 사라졌다.

축축하고 습한 냉기가 등줄기를 타고 흘러내렸다. 구덩이 속에서 짐승의 울음소리가 우우우 칠흑 같은 어둠 속으로 울려 퍼졌다. 정체를 알 수 없는 괴물이 그 속에 도사리고 있었다. 단단히 박힌 바위가 어느 순간 괴물로 변해 송 영감을 향해 포악한 입을 벌려 집어삼킬 듯 달려드는 환영에 사로잡혔다. 그는 뒷걸음질 치다 문지방에 발이 걸려 엉덩방아를 찧으며 벌러덩 자빠지고 말았다. 괴물은 점점 더 큰 입을 벌리고 그에게 달려들었다. 입속에서는 벌건 액체가 이 사이로 뚝뚝 떨어지고 있었다. 괴물로부터 피하기 위해 발버둥을 쳤지만, 몸은 마음과 달리 꿈쩍을 하지 않았다. 그는 점점 다가오는 괴물의 입속으로 빨려 들어가고 있었다.

아내가 흔드는 바람에 간신히 꿈에서 깼다.

웬일이라요. 무슨 잠꼬대를 그렇게 험하게 해요.

그는 아직도 정신을 못 차린 듯 퀭한 눈으로 사방을 두리번거렸다. 온몸이 땀으로 흠뻑 절어 있었다.

빗소리가 들렸다. 그는 화들짝 놀라며 벌떡 일어나 마루로 나갔다. 아내가 쫓아 나오며 마루의 불을 켜자 구덩이가 흉물스럽게 모습을 드러냈다. 그 속에 괴물이 웅크리고 똬리를 틀고 있는 것이 보였다. 그는 빗속을 뛰어 내려가 곡괭이로 사정없이 괴물의 등을 내리찍었다. 괴물의 등에서 시퍼런 액체가 솟구쳤다.

이눔! 이눔! 네놈이 네놈이….

그가 눈을 떴을 때 아내가 근심스럽게 내려다보고 있었다. 큰아들이 언제 왔는지 아내 옆에서 걱정스러운 눈으로 그의 손을 잡았다.

아버지!

얼마 만에 보는 얼굴인가. 큰아들은 그동안 못쓰게 얼굴이 상해 있었다. 광대뼈가 도드라지고 까맣게 타서 눈 뜨고 볼 수 없었다. 큰아들의 수척해진 얼굴을 보자 그의 눈에서 눈물이 주르륵 귀 뒤로 흘러내렸다. 큰아들도 그의 모습을 보고는 아무 말도 하지 않고 입을 굳게 다물었다.

그는 괜한 짓을 했다는 눈빛으로 아내를 바라봤다.

겁이 났어요… 똑 일 치는 줄 알고. 당신이 구덩이 속에서 혼절을 해서….

그는 자리에서 일어나 꼿꼿이 앉았다. 아들에게 자신의 건재함을 보여주고 싶었다.

난 괜찮다. 괜한 걸음을 했구나.

그날은 종일 황사로 인해 하늘빛이 잿빛이었다. 그는 소파에 비스듬히 앉아 무릎을 주무르며 비라도 왈칵 쏟아지면 통증이 덜할 텐데 하는 생각을 했다. 아니지, 손주 녀석이 여행 중인데 한 주 내내 날씨가 좋아야지.

주방에서 설거지를 하는 큰며느리에게 금주의 날씨가 어떻더냐고 몇 번이나 물었다. 물소리 때문에 못 들었는지 큰며느리는 설거지만 하고 있었다. 옆에서 빨래를 개고 있던 아내가 이따 일기예보 보면 될 걸 큰며느리가 어떻게 아느냐며 말투에 핀잔을 섞었다.

저녁 8시경 TV 화면 하단에 뉴스속보가 실렸다. 굵은 고딕체로 모 대학 산악동아리 15명의 조난 사고라는 자막이었다. 이상기후로 인해 백두대간에 때늦은 폭설이 내렸다고. 설마 했다.

손주가 긴장 반 설렘 반으로 잘 다녀오겠다며 그에게 포옹까지 하고 현관을 나서던 것이 겨우 3일 전이었다.

폭설이 멈추고 헬기를 동원해 수색에 나섰다. 요행히 그들은 비록 페허처럼 돼 버린 산장이었지만 그곳에 옹기종기 모여 추위와 배고픔을 참아내고 있었다. 그러나 12명뿐이었다. 그중 나이가 제일 많아 보이는 학생의 말에 의하면 한 치 앞을 분간할 수 없이 눈보라가 거셌다고 했다. 자신들은 두려움과 추위로 몸을 낮추고 서로서로 몸이 떨어지지 않도록 뭉쳐서 움직였다. 다행히 산장을 빨리 발견했지만, 그중 3명이 보이지 않았다. 그러나 그들도 자기들처럼 곧 이 산장을 찾아올 것이라 생각했다고. 그들은 모두 고개를 떨어뜨리고 죄인이라도 되는 양 눈물을 떨구었다. 며칠 후 절벽 아래 바위 틈새에서 2구의 사체를 발견했지만 끝내 손주는 찾지 못했다.

어떤 위로의 말도 큰아들을 다시 일으켜 세울 수 없다는 것을 그는 너무도 잘 알고 있다. 그렇기에 자신까지 더해서 아들 내외를 힘들게 하고 싶지 않았다. 아내도 굳이 아들을 따라 올라가고 싶은 마음은 없는 듯했다. 아마 고향에 내려온 후론 그의 병세가 호전된 듯싶었기 때문일까. 그는 유별나게 마당 쓸기에 집착한다거나 바위를 뽑아내기 위해 마당을 파헤치는 등의 이상한 행동을 빼고는 눈에 띄게 정신줄을 놓은 적이 없었다.

하지만 한집에 살게 된다면 아무리 감추려 해도 자식들에게 아비의 병증이 드러날 것은 뻔한 일이었다. 그러기에 모시고 가겠다는 아

들의 간곡한 권유에도 가지 않겠다고 그는 고집을 부렸다. 아들도 이
번만은 부모님의 뜻을 따르지 않겠다고 고집스럽게 말했다. 그의 고
집이 아들을 더 힘들게 하는 것은 아닌가 싶었던지 아내가 나서며 잘
상의해 보겠다고 했다.

7

송 영감은 메마른 울음을 토해냈다.

아침 햇살이 마루 깊숙이 들어와 양지와 음지가 내 땅 네 땅 하며
힘겨루기를 하는 양 사선으로 주욱 금을 긋고 있었다. 추위도 시골
은 도시보다 일찍 찾아오는지 으스스한 한기가 옷깃을 여미게 했다.
햇살에 드러난 마루의 표면이 값싼 화장분을 바른 듯 희부연 흙먼지
가 내려앉아 한층 더 을씨년스러웠다.

구덩이가 침범하지 못한 마당 가에 늙은 감나무 두 그루가 있었다.
사용하지 않은 지 오래된 양철 뚜껑으로 덮여 있는 우물가에 있는
감나무가 그의 눈에 들어왔다. 선홍색으로 잘 익은 감이 먹음직스러
워 보였다.

어느새 저리 영글었을까, 우빈이가 좋아하는데 좀 따가야지.

그는 발을 댓돌 위에 얹었다. 그러나 맥없이 다리의 힘이 빠지며 그
자리에 털썩 주저앉았다.

없다. 이제 손주는 없는 거여.

그는 생각이 오락가락했다. 무엇을 찾으려고, 무엇을 얻고자 이제

82

까지 마당을 파헤친 것인지 알 수 없었다. 수 개월을 거쳐 파헤쳐진 구렁 속의 바위들이 굴착기의 느린 움직임에 따라 흉물스러움을 감추어 나갔다. 처음에는 말렸지만 지금은 멍하니 바라보기만 했다. 겨우 한나절 만에 마당은 말끔히 메워졌다. 인부들이 일을 끝내자 큰아들이 묵직한 대문을 장정의 주먹만 한 자물쇠로 걸어 잠그며 아버지를 떠밀어 움직이게 했다. 그는 마당 한가운데 있던 돌부리를 가슴에 넣은 듯 힘겹게 걸음을 떼었다.

알아, 오늘도 우빈이가 온다니까.

송 영감은 얼굴에 웃음기를 띠고 소파에서 일어났다. TV 소리는 여전했고 아내는 진공청소기를 돌려 거실을 깨끗하게 했다. 우빈이 올 시간 됐어. 사랑스러운 손주의 모습은 매번 일정하지 않았다. 아이일 때도, 소년의 모습을 하고 있을 때도 있었다. 그러나 아무려면 어떠한가. 오구 오구 내 강아지야, 어데 갔다 인제 오누.

손주를 으스러지게 안는 듯 그는 두 팔을 벌려 허공을 싸안았다.

배회하는 나무

한참 바라보고 있으면 나무가 막 걸어다니는 것처럼 보여요.
나무가 가만히 있지 못하고 허둥거리는데 대체 왜 그런 거죠?

배회하는 나무

1

반으로 잘린 알약을 입에 넣으려다 잠시 망설였다. 나는 눈살을 찌푸리며 약통에 반 알을 도로 넣었다. 낮에 동네 의원에 갔을 때 좀 더 많이 처방해 줄 수 없냐는 질문에 도수 높은 안경알 너머로 건네던 눈빛이 신경에 거슬렸다.

그래, 며칠 잠을 못 잔다고 어떻게 되는 건 아니지. 참아보자.

미등을 끄자 커튼 틈새로 미세한 빛이 새어 들어왔다. 언제부턴가 수면 안대를 했으면서도 조그만 기기의 충전 불빛조차도 수면에 방해될까 봐 신경이 쓰였다. 몸을 이리저리 뒤척거렸다. 베개를 돌려 베면 혹시 편할까 싶었다. 소용없었다. 어느 날 자정이 넘어 그냥 켜 놓은 TV 홈쇼핑 채널에서 속는 셈 치고 구매한 메모리폼 재질의 기절 베개였다. 그런데 오늘따라 영 불편했다. 머리가 배겼다. 방향을 바꿔 누웠다. 그래도 불편한 건 매일반이다. 베개에 가슴을 받치고 엎드려 핸드폰을 켰다.

카카오톡 주소록을 정리하다가 시선이 머물렀다. 손가락으로 그곳을 터치하자 배경 화면이 한눈 가득 들어왔다. 멀리 해넘이 무렵의 수평선이 보이고, 여자는 역광을 받아 그림자처럼 어둡게 보였다. 사진의 옆얼굴과 둥근 어깨선의 실루엣에 눈길이 닿자 가슴 한 곳이 뜨끔했다. 베란다 보호대에 왼팔을 꺾어 겨드랑이 깊숙이 걸치고 해넘이를 보고 있는지 여자는 얼굴을 외로 꼬고 있었다.

여자의 배경 화면 밑에 1:1 채팅, 무료통화, 카카오스토리의 텍스트가 보였다. 시간이 많이 흘렀지만, 그녀와 함께한 대화방에는 그녀와 업무적인 일뿐만 아니라, 사적으로 나눈 대화의 내용이 아직도 지워지지 않고 고스란히 그곳에 남아 있었다. 무심결에 손가락이 닿아 무료통화 신호가 가는데 깜짝 놀라서 얼른 종료 버튼을 눌렀다. 짧은 순간이었기에 그녀에게 신호가 닿지 않았기를 바라지만 불안감이 엄습하는 것은 어쩔 도리가 없었다.

새벽에 무슨 소리를 듣고 잠에서 깼다. 졸피뎀 반 알을 먹고 간신히 잠든 나에게 핸드폰 진동 소리는 나의 신경세포를 자극하기에 충분했다. 몽롱함 속에서도 잠들기 전의 불안감이 다시 밀려왔다. 약 기운으로 인해 팔에 힘이 없었지만, 손을 뻗어 침대 협탁에서 핸드폰을 들어 간신히 귀에 가져다 댔다. 누군지 소리가 잘 들리지 않았다. 나는 약으로 인해 감각이 무뎌져 있는 혀를 움직여, 여보세요, 라고 말했다.

잘 있었나? 어젯밤에 니가 전화했는데…

몽롱한 청각이 그 목소리에 소스라치는 바람에 온몸의 솜털이 일시에 돋아올랐다. 불시에 찾아온 밝은 음색이 몹시 당황스러웠다. 나의 귓속을 파고들 듯 좀 전의 그 목소리가 재차 들려왔다.

내 샤워하고 있어서 몬 받았다.

순간 나의 심장이 '쿵' 하고 떨어지는 소리를 들었다. 핸드폰 속에서 들려오는 저 사투리 억양, 저 밝은 음성. 그와 달리, 나의 목젖은 갑자기 수분에 젖어 숨소리 아래로 내려앉았다.

니가 잘 거 같아서 아침까지 기다리느라 내 잠 몬잤다. 별아, 아직 자나?

'별!' 나를 '별'이라고 부르는 사람은 단 한 사람뿐이었다. 지금은 나를 그렇게 불러주는 사람이 없다. 나는 정신을 가다듬고 핸드폰을 귀에 더 밀착시키며 저 너머에서 들려오는 소리에 촉각을 곤두세웠다.

별아! 인자 우리 한 번 만나야 되지 않겠나?

그 말에 어떤 아프고 뭉클한 것이 명치끝에서 연기처럼 새어 나와 몸을 빠져나갔다.

2

그 일은 벌써 십 년이나 지났다. 내가 막 이십 대를 지나 삼십 대가 되어갈 무렵, 연말연시를 앞두고 기대하던 성과급 지급이 늦어지는 가운데 뉴스가 나왔다. 지주사는 금융업계에서의 경쟁력 강화라는 명목 하에 두 은행의 조기 합병을 추진하게 되었다고. 그동안 금융업계의 안일한 경영을 문제 삼아 가십 기사가 심심치 않게 보도되었지만, 솔직히 그곳에 몸담고 있는 우리는 그런 것에 전혀 신경을 쓰지 않았다. 하지만 갑자기 분위기가 바뀌었고 조회 때마다 지점장은 영업실적이 저조하다며 대리급 이상의 직원을 닦달하여 내몰았다. 명퇴를 운운하며 위기감까지 조장하던 터라 직원들은 초비상이었다. 모두 연봉이 괜찮은 이 직장을 잃을 수 있다는 불안감 때문에 퇴근 후 삼삼오오 모여 작당을 했다. 데모해야 하는 거 아니에요? 그래서 해결된다면 좋겠지. 그럼 어떡해요? 나도 몰라. 우리는 술을 마시는 일이 잦아졌다. 나는 술을 마시진 못해도 그런 자리에 빠지지 않는 편이었다. 사귀고 있는 남자 명동하 대리 때문이었다.

회식이 끝나고 돌아오는 길에 둘이서 버스를 기다리는 일이 많았다. 그럴 땐 창구에서 온종일 앉았다 일어섰다 하느라 부어오른 발을 주무르며 나는 마음속에 있는 말을 한마디씩 꺼냈다. 동하는 핸드폰에 시선을 고정한 채 건성건성 엉뚱하게 대답했는데, 아프겠다. 신발 좀 편한 거로 신어 봐. 그런 식이었다.

으이, 짜증 나. 그걸 말이라고 해?

뭐 그런 일로 화를 내?

핏, 그걸로 내가 화내는 줄 아나 보네. 아까 박 대리가 말할 때, 난 다 알아챘는데…. 넌 능력 있고 헌신적인 사람이다. 착하다. 그런 말 했잖아. 자기한테 사업가가 될 사람이 남 밑에 있어 힘든 거라고. 그 말의 본뜻은 너 제발 그만둬라. 번듯한, 돈 많은 고객도 없고, 대출 실적도 없어서 별 도움 못 주는 거 서로 다 아는데, 말귀 못 알아들었어? 개 음흉한 새끼라구. 다음에 또 자기한테 엉뚱한 소리하면 내가 가만 안 둘 거야.

누가 싫은 소리를 해도 웃기만 하는 그에게 나는 화가 났다. 그 뿌리는 내가 어찌해 볼 수 없는 그의 집안 사정과도 얼핏 닿아 있었다.

평범한 어느 저녁, 회식을 가려다 말고 포차에서 둘이 우동이라도 함께하고 가자고 제안한 사람이 그였다. 그게 사내 연애의 시작이었다. 나는 큰오빠네서 엄마와 함께 사는 처지라 모든 것이 불편한 상황이었다. 눈치 보이지 않게 일찍일찍 귀가하느라 연애라는 감정을 즐길 틈이 없었다. 동하에 대한 마음은 시간이 흘러도 별로 나아지지 않았다. 나이가 찼으니 결혼을 생각해야 할 텐데, 미래에 대한 현실감이 부재했다. 그가 칠십 노모와 발육이 제대로 안 된 나이든 여동생까지 돌보아야 하는 형편 때문인지도 몰랐다. 우리 사이를 모르는 사람들은 수시로 명 대리를 욕하고 뒤에서 헐뜯었다. 신경 쓰지 마. 사는 게 다 그래. 우리는 그런 일조차 덤덤했다.

그 시절 동하는 걸핏하면 어울리지도 않은 사업 이야기를 했다. 내가 조사한 바로는 치맥 집이 최고야. 절대 실패하지 않는다는군. 자기 생각은 어때?

참 내, 멀쩡한 직장 놔두고 구멍가게를 해?

막상 치킨집을 차리자니 경험도 없고 어떻게 첫머리를 시작해야 할지 몰라 B 프랜차이즈 사업 설명회에 다녀왔어. 그 말에 더 어이가 없었다. 목이 좋은 곳은 권리금이 너무 높아. 조금 비켜 간 곳을 택해서 개업하면 괜찮겠지? 그만 좀 하라니까. 처음 한두 달은 그런 말들이 장난이고 희망 사항인 줄 알았다. 그런데 어느 날 동하는 정말 내게 아무런 상의도 없이 사고를 쳐버렸다.

하루는 일을 나갔다가 퇴근 무렵 비상문으로 바삐 들어오던 동하가 지점장과 부딪쳤다.

맹 대리, 지금 어데 갔다 오노?

지점장의 목소리는 축농증에다 경상도 억양 때문에 우리 귀에는 늘 맹 대리라고 들렸다. 맹 대리. 이 맹한 놈. 본점에 오전 회의를 다녀온 지점장은 무슨 일이 있었는지 오후 내내 신경이 곤두서 있었다. 우리는 모두 친절하게 고객을 응대하면서 종일 지점장 눈치를 살펴야했다. 폐점 시간이 다가올수록 오늘은 불똥이 누구에게 터질까 조마조마했는데, 마침내 애꿎은 명동하에게 화살이 꽂힌 것이었다. 지점장은 입술을 씰룩씰룩 입 가장자리에 허연 액체를 묻혀가며 잔소리를 쏟아내기 시작했다. 그 순간 어깨를 늘어뜨리고 잠자코 듣던 동하가 갑자기 고개를 빳빳하게 세워 지점장 앞으로 얼굴을 들이밀었다.

아이, 씨이발 내 드으러워서….

손에 들고 있던 서류 봉투를 내던지며 콧등에 떨어진 지점장의 침방울을 닦아내는 그의 손이 떨렸다. 지점장은 흠칫 놀라서 하던 말을 끊고 어물어물 뒷걸음쳤다.

그 일이 생긴 뒤 며칠 만에 결국 동하는 사표를 썼다. 물론 그가 우연히 사두었다는 비트코인 몇 개가 천정부지로 값이 올랐다는 소문을 확인하기도 전에 나는 그와 결별하는 상황을 맞이했다. 우리의 이별은 서로에게 피해니 손해니 따위의 영향을 주지 않았다. 거의 동시에 은행의 합병으로 어떤 지점은 없어지고, 어떤 지점은 흡수되었으며, 우리 지점은 인원을 확충 받았다.

영업 시스템이 전과 많이 달라졌다. 창구에서보다 기계가 하는 일이 더 많아졌다. 나는 사귀던 남자가 사전 상의도 없이 직장을 그만두었다는 것을 실감할 겨를도 없이 본사에서 내려온 지침에 적응하느라 하루를 열흘처럼 생활했다.

3

더위가 가시기도 전에 어떤 여자가 우리 지점으로 발령받아 왔다. 출근 첫날 지점장은 명 대리에게 하던 것과는 다르게 그녀를 대단히 유능한 직원이라고 소개하며, 앞으로 우리 지점에서도 그녀가 탁월한 능력을 보여주리라 기대한다고 덧붙여 말했다.

대부분 전근 온 직원들은 낯선 환경에 적응하느라 긴장된 모습을 보이곤 했는데 그녀는 그렇지 않았다. 전혀 긴장한 모습을 보이지도 않았고 대화법도 독특했다. 처음 몇 번은 그녀의 말들이 대화인지 혼잣말인지 분간하기 힘들었다. 주변에 아무도 없는 것으로 봐서는 혼잣말인 듯도 했다. 아침에 출근하려는데 전화가 와서…, 후후후. 여

긴 참 별나다, 뉴스에서 국회의원들 하는 모습이 마…; 후후후. 희한
하게도 웃음으로 뒤끝을 흐렸다. 완결된 문장도 아니었다. 뒤에 더
무슨 말인가 할 것 같은 말소리였다. 그런 말을 듣는 사람이라면 누
구나 그다음 이야기가 궁금해져 자신도 모르게 귀를 기울일 것이다.
그래요? 무슨 일이라도 있었어요? 그래서 어떻게 됐어요? 그렇게 되
물을 수밖에 없도록 하는 묘한 재주가 있었다.

그런데 어이없게도 지점장의 전폭적인 지지와 신뢰가 외려 그녀를
무리에서 밀어내게 했다. 재주가 있어도 물거품이 될 상황이었다. 지
점장의 사투리를 닮은 그녀의 억양도 한몫했다. 그녀는 그냥 씹다 만
껌처럼 씹히고 또 씹히는 가십거리 대상이 되었다. 동료들이 그녀와
말을 섞으려 하지 않아서 그런지 가끔 그녀는 내게 도움을 요청했다.
난 이러지도 저러지도 못해 어정쩡한 태도밖에 취할 도리가 없었다.
그게 애매한 것이었음에도 불구하고 그녀는 큰 도움이라도 받은 양
내게 과하게 고마움을 표했다.

김영채. 대구 출생. 나이 32세. 그녀에 대한 그 외의 정보는 후에 꽤
많은 시간이 흘렀어도 동료들의 편견에 휩싸여 바뀔 줄 몰랐다. 직장
에서 그녀와 대화를 하려는 사람들은 없었다. 사람들은 이전 근무
지에서 그녀가 올렸다는 엄청난 실적을 무시했다. 모두가 별 기대 없
이 그냥 이상한 추문만으로 그녀를 내돌렸다. 스폰서가 있네 없네 하
며 자판기 앞에서 만든 얘기는 값싼 커피 냄새처럼 멀리 퍼져나갔다.
그래도 점심시간 같은 때, 그녀는 넉살 좋게 웃으며 식판을 들고 와

서 아무 테이블이든 앉아 밥을 먹었다. 이런저런 시사적인 뉴스거리나 가벼운 일상적인 이야기를 혼잣말처럼 꺼냈다. 주변의 평판에 관심조차 두지 않았다.

나는 그녀가 그리 밉지 않았다. 아니 점점 좋아졌다. 동하 대신 속을 트고 얘기를 해보니 꽤 좋은 친구였다. 겉으로 좀 후덕한 몸매에다 말이나 맵시가 세련되지 않아서 그렇지, 조금 과장되고 자아도취적인 면이 있긴 해도 막상 대화를 나눠보면 마음이 아주 편해지는 게 이상할 정도였다. 친하게 된 후, 그녀는 나를 제 기분에 맞게 불렀다.

니 이름이 은성이니까 이제부터 별이라고 부를란다. 그래도 괜않나?

배려심이 있는 여자였다. 비빔밥을 먹으려 하다가도 내가 냉면이 먹고 싶다고 하면 금방 자신의 입맛을 바꿨으며, 택시를 타더라도 편한 자리에 나를 먼저 태우고 나서 그녀가 탔다. 나는 그녀가 부르는 '별'이라는 이름이 듣기 좋았다.

4

나는 오빠네 집에서 29년을 살았다. 아니, 그건 엄마의 집이었는데 큰오빠가 물려받으면서 나는 거기에 얹혀사는 노처녀 고모로 조카들에게 불리는 신세가 되었다. 그게 못마땅해 혼자 살겠다 해도 엄마는 내 나이를 무시하고 독립하는 것을 허락하지 않았다.

무슨 일이 생기면 어떡하려고 그러냐?

무슨 일은? 나이가 차면 다 혼자 살아야 하는 거 아냐? 내가 무슨 캥거루도 아니고.

결혼해. 그럼 즉시 독립시켜 줄게.

무슨 일이든 엄마는 단호했다. 혼자서 5남매를 길렀으니 못 할 게 없다고 여기는 사람이었다.

나는 고민했다. 어떻게 하면 집을 빠져나올 수 있을까? 누군가와 함께 살면서 집세를 반반씩 낼 수만 있다면 그냥 당장 짐을 싸고 싶은 심정이었다.

언젠가 동하네 집에 갔을 때 그는 괜한 넉살까지 떨며 내 어깨에 손을 얹었다. 한쪽 방에서 노모와 여동생이 TV를 보고 있었는데, 라면을 먹고 기분이 녹록해져 그런지 졸린다는 핑계로 내게 손을 대었다. 슬며시 어깨 위로 올라오는 그의 손을 내가 힘껏 쳐냈다. 그리고는 뭐하는 짓이냐고 소리를 질렀다.

가만있으면 안 되는 거야?

나는 그의 애원하는 듯한 눈빛을 무시하고 그 집을 나와버렸다.

그 뒤 귀가하는 내 심사는 늘 복잡해졌다. 왠지 집으로 들어가기가 싫었다. 어머니는 얼굴만 마주치면 언제까지 연애만 할 거냐고 결혼은 언제 하냐고 닦달했다. 그렇다고 빈약한 눈빛으로 머뭇거리는 동하에게 기대할 수도 없었다. 지겨워, 지겨워. 나는 머리를 흔들었다. 헤드뱅잉 하듯이 마구 흔들었다. 머리카락이 이리저리 헝클어졌다.

나는 하루아침에 무 자르듯 동하와 헤어진 뒤 가끔 그의 문자를 받았지만 씹어버렸다. 비겁하게 수신 차단까지는 하지 않았다. 어쩌다 들여다본 문자의 내용으로 그는 칼국수집을 차린 게 분명했다.

한번은 내가 아는 동하의 선배로부터 전화가 왔다. 아니, 동하가 건 전화를 그에게 건네준 것인지 그가 답답해서 동하의 전화를 낚아챈 것인지는 모르겠지만 다짜고짜 이렇게 말을 쏟아놓았다.

조은성 씨, 사람 그렇게 안 봤는데 마음을 좀 열면 안 돼요? 지금은 그래도 동하 이 친구 금방 잘 나갈 거라구. 조금만 참고 기다리면 내가 분점도 내줄 생각인데, 잘 되면 은성 씨도 좋잖아, 안 그래?

나하고 얼마나 안다고 반말이세요? 나는 홱 쏘아붙이며 제삼자가 간섭할 일이 아니라고 말하고는 아예 전화를 끊어버렸다.

5

영채와 가까워진 지 두 달밖에 되지 않아 모든 것이 새롭고 들뜬 기분에 싸여 있을 때였다. 내가 처음으로 영채네 집에 초대받은 날이었다. 우리 집에 가서 라면 먹자는 말이 얼마나 달콤했던지… 그녀는 성남역에서 조금 떨어진 아파트에 살고 있었다. 그녀는 두 개의 방만 내게 공개했다. 저쪽에 누가 있는지 호기심도 갖지 마. 나는 비밀을 가진 것 같은 그녀가 그냥 좋았다.

거기서 나는 라면을 끓이려다 달궈진 냄비에 손등을 데었다. 그녀는 침착하게 나를 싱크대로 데려가 얼음물에 손을 담그며 약보다 화기를 먼저 빼내야 한다고 말했다. 팔에 닿는 그녀의 촉감이 그날따라 너무 부드러웠다. 어깻죽지로 전해오는 가슴의 말랑함에 소름까지 돋았다.

아니, 됐어. 약이나 찾아줘.

괜스레 얼굴이 화끈거렸다. 명확하지는 않지만 어딘지 마음이 조금 불편했다. 손등의 화기가 얼굴로 옮아왔다고 생각했다. 그녀의 잔잔한 미소 때문에 열나는 곳이 손등인지 얼굴인지 분간이 모호해지며 더 화끈거렸다.

나는 아프다는 핑계로 소파에 몸을 묻었다. 소파에 등을 기대고 그녀를 향해 다리를 쭉 뻗었다. 이렇게 시간이 흘러가도 좋겠다는 생각이 들었다.

한동안 우리는 늘 같이했다. 사람들은 그녀에게 가까이 다가가는 나를 점차 밀어내기 시작했지만 나는 아랑곳하지 않고 명 대리하고 지내던 때와는 전혀 다른 태도로 그녀와의 감정을 드러내었다. 쟤들 둘이 사귀나? 그럴지도 모르지요. 왜요, 그럼 안 돼요? 아마 삼 년은 족히 그렇게 용감하게 버텼다.

좋은 일에는 언제나 화가 끼어들기 마련인지, 그해 여름 회사는 25인승 승합차를 전세 내어 안면도로 1박 2일의 업무연수를 떠났다. 영채와 나는 원하는 대로 같은 방을 썼다. 입사한 지 몇 년이 지났지만, 나를 제외하고는 그녀와 가깝게 지내는 직원이 없었다. 모두가 우리를 거의 이방인으로 취급했다.

늦은 시간에 영채가 산책하러 가자고 했다. 나는 샤워까지 한 상태라 끈적끈적한 바닷바람을 쐬기 싫었다. 난 잘래. 혼자 갔다 오면 안 돼? 난 졸리고 피곤하기도 했다. 그녀는 내 기색을 살피더니 혼자 조금 거닐다 오겠다는 말을 남기고 나갔다. 긴 복도를 걸어가는 그녀의 발걸음 소리가 왠지 불편하게 들렸다.

그녀가 나간 지 시간이 꽤 흘렀다. 왠지 불안했다. 피곤했지만 그녀가 들어오기 전에는 잠이 들 것 같지 않았다.

얼마나 시간이 지났을까? 잠결에 핸드폰의 진동 소리가 들렸다. '응? 이 시간에 누가?'라고 생각하며 손을 뻗었다. 잡힌 것은 내 것이 아니고 영채의 핸드폰이었다. 그녀가 핸드폰을 두고 나간 것이었다. 영채는 뭘 빠뜨리고 다니는 성격이 아닌데, 몸의 한 부분과도 같은 것을 두고 그냥 나가다니… 이 밤에 전화기를 두고 빈손으로 산책 나간 그녀가 은근히 걱정되기 시작했다.

잠시 후 또 진동음이 서너 번 울리다 끊겼다. 불안했다. 별일 없겠지? 다시 진동음이 울렸다. 문득 위급한 상황일지도 모른다는 생각이 들어 주저하며 조심스럽게 전화를 받았다.

여보세요? 나는 가라앉은 목소리로 지금 전화를 받는 사람이 본인이 아니고 그녀의 직장동료라고 밝히려 했다. 그러나 수화기 너머의 목소리는 통화가 연결됐다는 반가움 때문인지 상대의 목소리를 확인도 하기 전에 말을 꺼냈다.

미안하게 됐어. 이럴 작정은 정말 아니었는데 말이다. 정말 미안해. 변명같이 들리겠지만 그 여자랑은 진짜 별 게 아니었다니까. 사실 우리가 결혼할 때 서로 도피처는 되어줄 수 있다고 생각해서 합친 거 아닐까? 근데 더 이상 니가 싫다 하니까…. 미안하다. 이러려고 혼인신고 안 한 게 아닌데 미루다가 그랬다. 그것도 할 말이 없어. 내일 네가 도착하기 전에 내 짐 뺄게. 건강해라.

전화가 끊겼다. 온몸의 세포들이 일시에 아우성쳤다. 뇌세포가 어지럽게 빙글 돌고, 심장이 요동치고, 사지가 후들거렸다. 침착해야 해, 이 상황을 어떻게 이해해야 하지? 절대 아는 척하면 안 되겠지. 잠이 들려고 몽롱하던 머릿속에서 갑자기 불똥이 튀었다. 한참 만에 문 열리는 소리가 났다. 바다 내음을 한 몸 가득 담아서 그녀가 돌아왔다.

자나?

나는 숨소리를 죽였다. 이불을 한 번 들썩여본 영채는 내가 잠든 척하고 있자 머리 위에 있는 핸드폰을 들어 화면을 들여다봤다. 그리고는 무심하게 그것을 탁자 위에 내려놓고 욕실로 들어갔다. 한참 동안 샤워기의 물소리가 들렸다.

얼마나 시간이 흘렀을까, 그녀의 나지막한 음성이 들렸다.

내 말이다. 너도 짐작하고 있었지? 어쩜… 아이다. 아무것도 아이다.

나는 그저 자는 척, 꼼짝하지 않고 돌아누운 상태로 가만히 있었다. 영채는 숨을 길게 한 번 쉬고는 무슨 말인가 꺼내다 말다 했다. 그녀는 내 뒤통수에 대고 '내 말이다'를 몇 번이나 반복했는지…. 그러면서 소주를 홀짝홀짝 마신 후 부스럭거리며 과자를 찾아 입에 넣고 소리 내어 씹다가 결국 나를 흔들어 깨워 놓고 횡설수설 말하기 시작했다.

내 지금까지 남자와 살았지만도 감정까지는 안 되는 기라. 애는 원래 갖지 않기로 했는데….

영채가 힘들었던 결혼생활에 대해 조근조근 이야기를 했다. 그래도 사람과 부비면서 살고 싶었다는 말도 했고, 돈이 없어 고생하는 가족한테 부끄러운 존재는 되고 싶지 않았다는 말도 했다.

별아, 그래도 너는 내 둘도 없는 소중한 친구다.

그녀는 소주를 마시다가 취해버렸다. 소주병이 비어갈수록 그녀의 말에는 갈피가 없었고 컸다가 작아지고 하다가 드디어는 눈물을 흘리며 내게 파고들었다. 내가 집에서 나와야겠다. 그때 나는 속으로 결심했다. 독립하기로. 날이 부옇게 어둠을 몰아내는 시간까지 나는 그녀를 부둥켜안은 채 한 번도 가져 본 적이 없는 상상의 집을 허공에서 몽롱한 상태로 여러 번 지어 올리고 있었다.

6

별아, 나 다음 달에 출국해. 놀랐지? 갑자기 결정했다.

나는 그녀의 말에 갑자기? 한 번도 내색도 없이? 라는 말이 폭발하듯 터져 나왔지만 입이 열리지 않았다. 아무 말도 못 하고 입만 동그랗게 벌리고 그녀를 올려다봤다.

대학 동창생 중에 캐나다 연구소에 근무하는 사람이 있어. 그와 간혹 연락했지. 특별한 사이는 아니지만, 일손이 필요하다더라. 그렇게 됐다. 별일 있겠나, 그냥 가보는 거지.

주책없이 눈물이 쏟아졌다. 그래도, 이렇게 갑자기, 이러면 반칙 아니냐고 화를 내고 싶었다. 그런데 그 순간 목구멍이 막힌 듯 숨도 잘 쉬어지지 않았다.

별아, 이해해 줄 거지? 친구가 잘살아야 하는 거 아이가?

그녀는 농담처럼 말을 흘렸지만, 나는 절벽으로 밀려 떨어지는 기분이었다. 심장이 벌렁대고 숨이 막혀, 콧속으로 들어가고 뱉어지는 들숨과 날숨의 조정이 불가할 정도였다. 그래도 가슴의 들썩거림은 그녀에게 들키고 싶지 않았다.

그녀의 출국 통보 이후 나는 막막해졌다. 나는 이미 집을 나올 준비가 다 갖추어져 있는 상태였고, 가족과는 이미 끔찍한 악담을 주고받은 뒤였다. 다시는 들어오지 않을 거니까…

별아, 내가 외국에 간다고 변하는 것은 아무것도 없다. 지금처럼 별이 네가 오고 싶으면 아무 때나 와도 괜찮다. 나도 보고 싶으면 올끼다.

나는 아무 말 없이 다 마신 종이컵을 만지작대며 컵에 손톱으로 무형의 그림을 그렸다.

우리 관계 파투 낼까?

영채는 갑자기 뭐가 그렇게 우스운지 크크 웃었다. 그 순간 난 그녀의 웃음소리에 물기가 어려 있다는 것을 알고 온몸에 오스스 소름이 돌았다.

7

그녀는 일주일 동안 결근을 한 후 핼쑥한 얼굴로 나타나 사표를 냈다. 그녀의 송별 회식장에서 지점장이 그녀에게, 아직 한창 일할 나이에 공부하는 남편 따라 외국에 가게 되어 아쉽다고 말했다. 그러자 모두 그녀를 바라보며 입을 비쭉거렸다.

누가 등 떠다민 것도 아인데, 등 떠밀려 가듯 나갑니다. 이곳 생활이 힘들었지만 그래도 이해해 주는 친구가 있어 행복했습니다. 모두에게 고맙다는 말을 전합니다. 그리고 일을 할 수 있어서 좋았습니다. 아마 한동안 아침에 일어나면 갈 곳 잃은 사람처럼 허둥댈 겁니다.

사람들과 인사를 나누는 내내 나는 영채의 모든 동작을 쫓아다녔다. 어떤 사람 앞에서는 입술을 앙다물고 분노에 차서 가슴을 들썩이며 숨을 몰아쉬었다. 나는 돌아가는 술잔을 마다하지 않고 연거푸 마셨다. 송별회가 끝나고 뿔뿔이 흩어질 때, 술이 더 아쉬운 이들이 핑계 삼아 2차를 가자고 잡아당겼다. 나는 그들을 뿌리치고는 영채를 불러 차를 잡았다. 나는 이미 흐트러져 있었다. 몸과 마음이 모두 흔들흔들했다. 그녀가 내 팔을 잡아주는 순간 나는 팔을 빼며 화를 냈다.

배신자.

취한 감정에 까닭 없이 얹혀진 분노가 멈춰지지 않았다. 너 혼자 가면…? 남편이 너를 떠났는데 왜 직장까지 그만두는 거야. 다 귀찮아진 거야? 그런 거야? 나는 두서없이 꽥꽥 소리를 질렀다. 나를 배신한 그녀가 용서되지 않았다.

그날 밤 나는 방바닥에 퍼질러 앉아 그녀의 전화도 문자도 수신 거부했다. 그녀에 대한 모든 것을 차단했다. 그리고 잊었다. 아니 잊어버리려 했다.

어머니는 말했다. 집 나가면 그 순간부터 너는 내 딸 아니다. 하지만 나는 이혼한 영채와 있으려고 절대 분가시켜 줄 수 없다는 어머니를 꺾어 누르고 집을 나온 상태였다.

8

요즘은 좀 어떠십니까?

의사는 모니터를 들여다보며 말을 했다.

좋아요. 아뇨 그저 그래요. 며칠 전에는 급하게 할 일이 있어서 노트북을 켰는데, 무엇을 하려고 했는지 도통 생각이 나질 않아서 한참 모니터만 들여다보다가 닫아버렸습니다. 그리고 누가 뭘 물으면 머리가 하얘집니다. 이상하죠? 제가 컴퓨터의 모니터에 커다란 소나무 한그루를 심어 놓았습니다. 저는 늘 푸른 그 나무를 좋아합니다. 그런데 그걸 한참 바라보고 있으면 나무가 막 걸어다니는 것처럼 보여요. 나무가 가만히 있지 못하고 허둥거리는데 대체 왜 그런 거죠?

나는 그 앞에서 속을 훌훌 털어내었다. 그는 대화 중에, '나무가 발이 달린 것처럼 정말 움직입니까? 그렇군요, 힘드시겠네요, 아 그렇게 생각했군요.'라고 간헐적으로 추임새를 내려놓기만 했다.

　길었던 낮이 시나브로 짧아졌다. 아침저녁으로 쌀쌀하다고 느낄 새도 없이 추웠다. 가로수 길의 플라타너스는 화려한 외출에서 돌아온 여인의 움푹 팬 얼굴에서 허물을 벗어 쓰레기통에 버리듯 갈변한 잎들을 떨구고, 앙상한 가지만 남긴 채 온전히 속살을 드러냈다. 사람들은 해가 바뀌면 벗을 줄 알았던 마스크를 계속 쓰고 기온이 뚝 떨어진 그 길을 저마다 바삐 걸어가고 있었다.

　그녀와 헤어진 지 1년이 조금 지난 어느 날, 백화점에 갔다가 우연히 유모차를 끌고 가는 어떤 여자를 본 적이 있었다. 영채인 줄 알고 깜짝 놀랐다. 유모차 속에는 까만 닥스훈트 한 마리가 옷을 입은 채 주변을 두리번거리며 앉아 있었다. 영채가 아니었다. 영채는 개를 무서워했으니까. 나는 어색하게 영채를 닮은 여자에게 눈인사만 주고받으며 그녀를 스쳐 지나갔다.

　한동안 영채를 잊기 위해, 그녀를 애써 생각하지 않으려 했다. 그녀는 마음만 먹으면 어떤 일이든 잘해나갈 수 있는 능력 있는 여자니까 어디선가 잘살고 있을 것이라고 생각했다. 아니 그보다 내가 한 짓을, 좋아한다는 이유로 독점하지 못해 결별해버린 그 모순적 행위를 합리화시키기 위해 그녀를 밀어내려고 전전긍긍했던 것인지도 몰랐다.

　대구지역을 중심으로 확진자가 하루가 다르게 확산하고 있다는 뉴스를 들었다. 밤새 잠을 설치고 불안한 외국의 팬데믹 상황과 국내 뉴스가 겹쳐 들어왔다. 혹시나 아는 얼굴이 화면에 비칠까 하는 마음에 시간대별로 진행하는 뉴스를, 채널을 돌려가며 시청했다. 늘 나 혼자인 방인데도 이런 나를 행여 누가 보고 있지나 않나 두리번거렸다.

눈을 뜨자마자 TV를 켜고 머리맡에 놓아둔 핸드폰을 불안하게 만지작거리다가 떨리는 손끝으로 화면 이곳저곳을 터치했다. 익숙한 번호에서 온 문자가 눈앞에 나타났다.

주말인데 어떻게 지내? 혹시 확진자가 다녀간 지점이 너희 지점은 아니지? 어머니가 많이 걱정하신다.

자주는 아니라도 일주일에 한 번 정도는 안부좀 전해라. 뵈러 오면 더 좋고. 어머니 연세도 그렇고 노인네가 네 걱정으로 잠도 설치신다.

노친네가 자식한테 전화하는데도 눈치를 봐야 하냐? 어머니가 네 눈치 보여 전화도 못 하시겠다고 나 붙잡고 하소연하더라.

보낸 지 시간이 꽤 지난 문자가 연거푸 눈에 들어왔다.

그래 봐야, '응'이나 '알았다구' 정도로 짧게 대답할 테지만 큰오빠는 싫은 내색도 안 하고 문자를 기다리곤 했다. 잠시 후 화면을 들여다보다가 나는 '미안해요'라는 네 글자를 보냈다. 큰오빠는 미안한 줄은 아냐며 입을 헤벌리고 웃는 이모티콘을 보내왔다.

어머니는 꿈자리가 뒤숭숭한 날이면 이집 저집 전화해서 내 근황을 물었다. 그리고 동생이 어떻게 사는지 왜 그렇게 무심하냐고 다른 형제들을 타박했다. 그래서 어제도 큰오빠와 언니들에게 번갈아 가며 전화를 했던 것 같았다. 궁금하면 당신이 직접 전화해도 될 텐데, 꼭 나를 제외한 이들을 귀찮게 했다.

은성아, 넌 가족을 밀어내려고만 하는데 그런다고 가족이 떨어져 나가는 게 아니야. 사람의 힘으로는 어쩔 수 없는 거야. 고아도 아닌 애가 왜 혼자 살아? 엄마가 너 미워해서 그런 건 아니잖아?

하지만 그렇게 산 게 벌써 십 년이었다. 나는 영채와 헤어진 이후 명절에도 집을 찾지 않았다. 그때부터 나에게 가족은 없었다. 우리가 전화해야만 네 목소리를 듣지. 생전 전화하는 일도 없으니 원. 네가 혼자 사느라 많이 힘든 건 알아. 그래도 사람 사는 세상 별거 있니? 연락 좀 해라.

우리 가족은 내가 어떻게 사는지 전혀 모르고 있었다. 개수대 앞 창문으로 보이는 402동 7층 여자처럼 베란다 창문을 열고 가끔 담배 연기를 뿜어내는 것을 알고 있을까? 아무 생각 없이 노을을 바라보며 눈물을 훔치는 걸 알고는 있을까?

저 여자는 가슴에 뭐가 가득 담겨 있기에 흰 연기를 저리도 길게 토해낼까 생각했다. 어쩌면 저 여자도 나를 보며 나와 똑같은 생각을 하고 있을지도 모르겠다는 생각이 들자 왠지 가슴이 따뜻해졌다.

명절이나 가족 모임에도 핑계 둘러대며 참석 못 하는 내가 안쓰러워서 전화를 걸 때마다 언니도 오빠처럼 '미안하다'는 말을 했다. 늘 듣는 소리라 속에 굳은살이 박였을 법도 한데, '미안하다'는 말을 들으면 명치끝이 아팠다. 사실은 혼자 사는 내가 더 미안해.

요즘은 마스크로 타인의 시선을 가릴 수 있어서 좋았다. 출근할 때는 어쩔 수 없었지만, 평상시에는 모자로 나를 가렸었다. 마스크가 정말 좋다. 사람을 안 만나도, 아무 데도 가지 않고 집콕만 하고 있어도 이상하지 않았다. 외출을 삼갔다. 당연히 지인과 만나기를 꺼리며 상황이 좀 나아지면 만나자고 기약 없이 약속했다. 엘리베이터에서 사람을 만나면 얼굴에 마스크가 제대로 쓰여있는지 착용 상태 먼저 손을 더듬어 점검하는 것도 습관이 되었다. 대화할 때도 2미터 거리를 유지하고 특별한 용건이 아니면 눈인사만 하고 돌아섰다. 사람들은 소통이 끊어지고 서로 고립되어야 하는 이 팬데믹 상황을 힘들어했지만 나는 오히려 즐겼다. 철저히 혼자가 되고 싶었다. 이러다가 어느 날 빈집에서 죽은 채로 발견된다면? 은근히 겁도 났다.

앞 동 7층 여자는 언제 들어갔는지 보이지 않았다. 혹시나 하는 마음에 싱크대 앞에서 서성였다. 내가 뭐 하는가 싶은 마음에 피식 웃음이 나왔다. 그래도 자꾸 앞 동 7층 베란다를 내다봤다. 생판 모르는 여자에 대해 궁금해하다니, 웃겼다. 가슴만 들썩이며 소리 내지 않고 웃었다. '아, 웃겨'라고 소리를 내자, 정말 우스워져 키득키득 웃음이 나왔다.

9

영채를 만나러 가는 날 아침, 나는 그녀의 카카오스토리에 들어가 다시 그녀의 삶을 들여다보았다. 그곳에는 사진이 수십 장 올라와 있었다. 그중에 가장 눈에 띄는 사진 한 장. 셀프 촬영이라고 보기에는 매우 자연스럽게 혼자 식사하는 모습을 담은 사진이 있었다. 식탁 위에 그늘을 만들어 주려는 듯 파란 하늘에 한 조각 구름이 머물고 있었다. 체크무늬의 둥근 테이블 중앙에 작은 해바라기 한 송이가 투명한 화병에 꽂혀 있었다. 그리고 연어 스테이크 두 접시. 화이트와인 한 병과 투명한 액체가 반쯤 담긴 목이 긴 둥근 유리잔 두 잔. 바람에 부풀어진 풍성한 그녀의 머리카락이 역광에 눈부시게 빛났다. 그 사진들은 그녀의 생활을 실감나게 해주었다. 십 년이나 지난 그동안의 세월이 마치 한 편의 영화가 된 것처럼 나의 눈 속으로 들어왔다.

나는 영채를 만나기 위해 약속 장소로 향했다. 만나면 영채의 첫마디가 무엇일까. 긴장한 상태로 나는 영채가 전화로 말한, 이제 우리가 만날 때가 되었다는 의미가 무엇인지 곰곰이 생각했다. 혹시 그 시절 아무도 모르게 꼭꼭 숨겨두었던 나의 결함 같은 것을 말하려는 것은 아닌지 불안했다. 만약 영채가 나도 모르는 무엇인가를 추궁한다면 어떻게 될까? 나는 불안한 마음으로 커피숍 문을 조심스럽게 밀고 들어갔다.

선뜻 영채의 모습이 보이지 않았다. 입구에서 열을 재고 QR코드를 체크한 뒤 프런트 지나 안쪽으로 들어가자 창밖을 바라보며 앉아 있는 중년 여자의 뒷모습이 보였다. 테이블에 한쪽 팔을 올려 턱을 괴고 앉아 있는 어깨가 영락없이 영채였고, 어딘지 조금 홀쭉해 보였다. 창밖엔 손을 뻗으면 잡힐 듯한 넓은 잎의 플라타너스가 바람에 흔들거리고 있었다. 기척을 느꼈는지 그녀가 고개를 돌렸다. 그녀의 표정은 마스크를 쓰고 있어서 다 읽을 수는 없지만, 안쪽으로 쏟아지는 사각의 빛살 때문에 그녀의 눈과 선명한 이마가 몽환적인 분위기로 눈에 담겼다. 그녀는 나를 보자마자 얼굴의 반을 가리고 있던 마스크를 벗으며 몸을 일으켰다. 별아, 내다. 나는 그녀를 향해 손을 뻗었다.

　그녀와의 거리가 좁아질수록 눈과 귀와 코와 피부의 모든 감각이 예민하게 열려서 과거와 현재의 시간을 잇는 섬광에 순간 어지러웠다. 낱개의 사진처럼 흐트러져 있던 기억이 찰나에 제자리를 잡으며 움직이는 영상으로 쏟아져 들어왔다. 지난 일로 괜히 자책하지 마라. 그녀는 눈빛으로 꼭 그렇게 말하고 있는 듯했다. 그동안 내 안에서 그녀를 몰아내기 위해 높게 쌓았던 장벽이 한순간에 와르르, 무너져 내리고 있었다.

바람 불어 좋은 날

지금은 자고 있는 봄을 깨우기 위해 바람이 분다.
갑작스럽지 않게 요란하지 않게 조용하게
바람이 봄을 깨우러 가고 있다.

바람 불어 좋은 날

바람 불어 좋은 날

1

며칠 전부터 아랫배가 묵직했다. 분식과 육류를 좋아하는 식습관이 문제예요. 의사는 의무적으로 채소를 꼭 챙겨 먹으라고 했지만, 변비는 해소되지 않았다. 아스파라거스, 치커리, 양배추, 적상추… 수첩에 기록하며 소스까지 꼬박꼬박 챙겨 사다 먹어도 힘들기는 마찬가지였다. 쉬는 시간 10분은 소변보고 손 씻고 물 한 잔 마시면 다 가는 시간이었다. 아이들 때문에 소변도 못 보고 수업에 들어가면 끔찍했다.

요즘은 이상하게 더 피곤하고 머리가 묵직하고 잠도 푹 못 자고 자다가 두세 번은 깼다. 아침에 눈도 안 떠지고 몸도 개운하지 않았다. 머리도 감아야 하는데, 변기에 오래 앉아 있다가 무슨 생각을 했는지 출근 시간을 놓친 게 한두 번도 아니었다.

아이씨, 늦었다. 화장실을 나오며 수업 시간을 떠올렸다. 2교시 수업이 비어 있을 거야. 볼 일은 그때 느긋하게 보자. 허리를 구부려 머

113

리에 샤워기를 대고 물을 틀었다. 순식간에 온몸이 경직되는 듯했다. 조금 틀었다가 쓸 걸 그랬나. 짜증이 몰려왔다.

집에서 학교까지는 40분 정도의 거리였다. 바삐 교무실에 들어서자 파티션 너머로 백 선생이 고개를 늘려 인사했다. 한때는 비슷한 연배의 교사들이 줄줄이 있어서 심심할 틈도 없었고, 점심시간에 급식실에 혼자 가지 않아도 됐다. 특히 살뜰히 챙겨주는 두 살 많은 장 선생이 있어서 좋았다. 함께 말 섞어 다른 사람 흉도 보고 관리자의 무능을 침 튀겨가며 욕했으니까. 그런데 2년 전 장 선생을 포함해서 5명의 교사가 한꺼번에 퇴임했다. 그들로서는 천만다행으로 코로나 19 상황이 덮치기 직전이었다.

종이컵에 드립커피가 담겨 내 책상 위에 놓여 있었다. 옆자리 최 선생이 놓아둔 것일 테지. 최 선생은 서울에서 기간제 교사로 있다가 우리 학교에 작년에 임용된 사람이었다. 보기보다는 나이배기로 5살짜리 딸이 있고 아내가 지금 만삭에 들어 있었다. 젊어서 그런지 행동이 빠르고 아이디어가 반짝였다. 마스크를 턱 밑으로 내리고 먹기 좋게 식은 커피 향기를 음미했다. 건너편에서 백 선생이 쿠키가 든 봉지를 흔들어 보였다. 달달한 쿠키를 곁들이니 드립커피의 맛이 깔끔하게 느껴졌다.

2

지난해는 5월 말에서야 개학했다. 3월 2일에 개학과 동시에 입학

식을 해야 했지만, 코로나19로 인해 학사일정이 4월 중순이 되어서야 비대면 화상 플랫폼으로 진행되었다. 정작 등교하여 대면으로 수업이 시작된 것은 5월 말 3학년부터였다.

처음 코로나19를 접했을 때 상황은 마치 공포영화를 접했을 때와 비슷했다. 좀비가 출몰하지 않은 것뿐이지 감염된 사람을 두려워하는 마음은 똑같아 보였다. 전 국민이 마스크를 사기 위해 이른 아침부터 약국 앞에 줄을 서서 약국 문이 열리기를 기다렸다. 물이 부족해서 빈 바가지를 들고 퀭한 눈으로 줄을 선 오지마을 사람과 비슷한 처지라고나 할까. 1인당 살 수 있는 허용량은 5장. 그것마저도 각 약국에 지급된 물량이 소진되면 살 수 없었다. 1년여가 지난 지금은 1장당 1,500원씩 하던 마스크가 얼마든지 훨씬 싼 값에 구할 수도 있고 디자인과 색상이 다양해졌지만, 그때는 너무 심각했었다. 나는 뉴스에서 각국이 팬데믹에 대응하는 자세를 살펴보면서 개인의 방역자세도 문제지만 학교에서 그 많은 아이들과 어떻게 대응해야 할지 몰라 걱정이 되었다.

3월 첫날 학생들은 등교하지 않은 상태로 교사들만 등교하여 교육청의 지시에 따라 숨막히게 돌아갔다. 학교 홈페이지, 단톡방, 밴드 등 학생들과 소통할 수 있는 공간을 마련하여 교육과정이 가정학습의 형태로 진행되기 시작했다. 학습 공백을 최소화하기 위한 임기응변식 지침이었다. 우리는 현 상황이 1, 2주면 해결될 줄 알았다.

3월 이후 가정학습 기간을 더 연장하라는 지침이 내려왔다.

"무작정 학교 홈페이지에 수업자료만 올린다고 학생들의 수업 공백을 메울 수는 없잖아요."

학부모들의 불만이 쏟아지기 시작했다. 꽃바람이 불기 시작했지만 금방 끝날 줄 알았던 코로나19의 상황은 누그러지지 않았다.

학교에서는 온라인 수업을 위한 연수를 했다. 온라인 플랫폼을 통한 원격수업으로 가정학습을 진행하기 위해서였다. 교육부도 이 코로나19라고 하는 초유의 사태에서 교육 공백을 해결하고자 고심했겠지만, 현장은 상급 기관의 지시가 내려질 때까지 학생들을 위해서 무엇인가라도 해야 했다. 온라인 수업을 위해 교사들은 처음 접하는 온라인 플랫폼 연수를 받고, 비대면 화상회의 플랫폼의 사용 방법을 배우느라 머리를 쥐어짰다. 대부분의 젊은 교사들은 줌으로 비대면 실시간 쌍방향 수업을 진행하는 수준까지 익혔다.

젊은 교사들은 능동적이고 원격수업에 대해서도 나이든 교사보다 수용력이 빨랐다. 나이든 교사들은 화면에 자신의 얼굴이 나오는 것조차도 낯설고 왠지 부끄러워 쌍방향 원격수업을 주저했다. 젊은 교사들은 교육 현장에서 주축이 되고 있는 것을 즐기는 분위기였다. SNS의 사용에 대한 거부감이 있던 나로서는 연수를 받는 내내 먼 산 보듯 가물거렸다. 당연히 이론적 지식이 없어서 플랫폼을 활용한 이해도 안 되고 모르는 용어 투성이었다. 연수 받으며 궁금한 것을 물어봐도 시원하게 의문이 해결되지 않았다.

최 선생, 바빠? 백 선생 이게 왜 이렇게 되는 거야? 송 선생, 이 선생… 닥치는 대로 젊은 교사들에게 도움을 요청했다. 어린 시절 엄마 손잡고 갔던 왁자한 시장에서 느꼈던 두려움 같은 것이라고나 할까. 엄마를 잃어버릴까 무서워 손아귀가 아프게 엄마의 치마폭을 움켜잡았던 꼬깃한 치맛자락을 바라보는 심경이라고나 할까. 이럴 줄 알았으면 나도 그때 명퇴를 하는 건데 후회가 밀려왔다.

"있잖아, 양 선생, 양 선생도 느꼈겠지만 말이야, 학생의 눈높이는 어느 정도 맞추겠는데 학부모의 눈높이는 정말 못 따라가겠더라고. 몇 년 더 월급 받는 거나 명퇴금 받는 거나 별 차이가 없어서…, 그냥 편하게 살고 싶네."

명퇴를 신청하던 날 뒷목을 문지르며, 내게 먼저 교단을 떠나게 되어 미안하다고 말하는 장 선생의 모습이 마치 패잔병처럼 느껴졌었다. 그날 이후 나는 살아 있는 노장의 건재함을 보여주겠다고 큰소리 뻥뻥 치며 더 씩씩한 척했다.

학교마다 컴퓨터가 보급되기 시작하던 시절, 스마트폰 시대에 사는 요즘 사람들은 이해하기 힘들겠지만 90년대 초 학교 현장은 한바탕 회오리바람이 불어 상당수의 교사가 정년을 채우지 못하고 학교를 떠났다. 그 이유는 학교에 불어 닥친 새로운 시스템 때문이었다. 타자기도 능숙하지 못한 원로 교사들에게까지 컴퓨터를 지급하고 모든 업무를 컴퓨터로 처리하도록 강요했다. 대학에서 이미 컴퓨터로 과제를 제출하고 자료를 저장하고 정보를 수집한 경험이 있던 젊은 교사들은 외려 능숙하게 복잡한 일을 처리했다. 그러나 학생생활기록부도 성적도 모두 맨손으로 처리하던 경력 교사들은 컴퓨터 시스템이 낯설고 불편했다. 펜으로 5분이면 처리할 수 있는 기안문도 쩔쩔매며 1시간도 넘게 작성하여 간신히 마무리지었다. 몇 시간을 끙끙대며 완성한 수업 과정안이나 수업 자료를 아차 하는 순간 미처 저장하지 않아 허망하게 날려 버리고 머리를 쥐어짜는 모습들이 교무실에서 심심치 않게 보였다. 경험에 의한 교육 능력은 탁월했지만 젊은 교사들의 눈에는 컴퓨터의 기능도 이해 못하는 나이든 교사가 무능해 보였다. 그래서 정년을 몇 년 앞둔 많은 나이든 교사들이 교육현장을 떠났다. 그 시절 나는 젊은 교사였다.

드디어 5월 27일, 전 학년은 아니지만 학생들이 등교했다. 각 방송국은 전국의 학교가 다시 문을 연 그날의 모습을 역사적인 날로 기리기라도 하듯 앞다투어 방송했다. 우리도 등교하는 학생들을 맞이하기 위해 전 교사들이 교문 앞까지 나가 일렬로 팻말까지 들고 학생들을 환영했다.

"얘들아! 환영한다. 너무너무 보고 싶었어."

우리의 환대를 받으며 등교하는 학생들은 저마다 부끄러워하기도 하고, 선생님 앞에서 팔짝팔짝 뛰기도 하고, 친구들과 거리두기를 잊은 채 그저 좋아했다.

"얘들아, 거리두기 해야지."

우리는 놀라서 소리치곤 했다.

교육부의 지침에 따라 한 학년씩 등교하던 것이 두 학년으로 늘어났다. 1~2주 등교하면 한 주씩 가정학습으로 온라인 수업을 받을 때 학생들은 말했다.

"일주일씩 가정학습을 하니까 학교에 오는 것이 신나요. 이번 주만 지나면 다음 주에는 가정학습이라고 생각하면 숨통이 트여서요."

수도권에서는 연일 코로나19 확진자가 나왔으나 우리 학교는 도심 변두리에 위치한 학교라서 그런지 확진자나 밀접 접촉자에 의한 등교 정지 등의 상황은 일어나지 않았다. 그래도 혹시 모르니까 교육청 지침에 따라 열심히 방역 조치에 철저했으며, 거리두기를 위해 책상을 한 줄로 배치하고 아크릴 투명 가림판으로 비말을 차단했다. 등교 전 태극마크가 그려진 교육부에서 설치하게 한 건강상태 자가진단 앱에 잊지 않고 매일매일 접속하여 자가진단 설문지에 응답하여 제출도 했다.

심심찮게 밀집 지역 학원에서 확진자가 발생했다는 정보가 보건실을 통해 교무실로 전달되어 교무실 입구에 세워진 상황판에 기록되었다. 우리 학생들이 다닐 만한 거리의 학원들은 아니었다. 그래도 우리는 안전 안내 문자에 촉각을 곤두세웠고, 매일매일 시 홈페이지에 접속해 확진자 이동 경로를 민감하게 살폈다.

무사히 여름방학을 맞이했다. 늘 친목회에서 진행하던 단체 회식은 할 수 없었지만, 한 학기를 탈 없이 넘어갔다는 안도감으로 교장이 크게 한턱을 내었다. 우리는 묵직한 신종 방울토마토 한 상자씩을 들고 귀가했다.

여름 휴가철이라 코로나19 국내 확진자는 폭발하듯이 늘어났다. 사람들은 방역당국의 지침에 불만을 쏟아냈다.

나는 고치가 되어 집에만 머물러 있었다. 교육청에서는 방학 중 사회적 거리두기 4단계 방역 수칙 행정명령을 공문으로 발송했다. 휴가철 코로나19 확산 차단을 위한 사회적 거리두기 조치가 실용성 있게 시행될 수 있도록 협조를 요청한다는 내용이었다. 담임교사들은 방학 중에도 학생들에게 학급 단톡방으로 방학 동안의 방역 수칙을 철저히 지키도록 전달했다. 외출을 삼가고 불가피하게 외출할 때 KF94 마스크를 착용하며 방역 수칙을 생활화하고, 생활체육시설, 노래방, PC방 등 다중이용시설 이용을 자제하도록 지도했다. 또한 확진되었거나 밀접 접촉자일 경우에는 학교에 알리도록 전달했다.

다행히 아무 일 없이 개학날은 다가왔다. 그 사이 교사들은 백신 1차 접종을 마쳤고 뉴스에서 연일 보도되는 심각한 부작용이 있었다는 얘기도 들려오진 않았다. 나는 백신접종 후 이틀 동안 미열과 근육통으로 앓아누웠고, 8시간 간격으로 해열제를 복용하며 냉팩을 겨드랑이에 끼고 열을 식혔다. 말복도 지났지만 폭염이 주위를 싸고 있는 듯했다.

3

코로나19 확진자가 발생한 지 벌써 2년이나 되었다. 백신 2차 접종도 마쳤다. 1차 때보다는 덜 아팠지만 그래도 혹시 몰라 오후에 반일 공가를 냈다. 다음날은 공가는 안 되기 때문에 병가를 내고 집에 있었다. 1차 때 식겁했기에 2차 접종 때는 주사 맞기 30분 전에 미리 해열제를 복용했다. 그래서 그런지 주사 맞은 부위만 조금 아렸을 뿐 별다른 증상은 없었다. 연일 백신 부작용에 대한 이야기가 화제로 떠올랐다. 그렇다고 맞지 않고 무방비로 살 수는 없는 것이었다. 외국에 나간, 한때 유명세로 세상을 시끄럽게 했던 영화감독이 치료도 제대로 받지 못하고 죽었다는 보도가 뜨기도 했다. 흑사병이 창궐하던 시대도 이랬을까?

시간이 흐를수록 전국적으로 코로나19 감염자가 확산되었다. 우리 지역도 안심할 수 없었다. 인근 학교에서도 전교생 등교정지가 내려졌다. 요양보호사로 있는 가족에게 전염된 학생이 증상이 나타나기 전에 학교와 학원에 다녀갔다고 했다. 수업 중에 교내방송으로 교감의 목소리가 들렸다. 교감은 아무리 급한 일이 있어도 침착하게 예의를 갖춰 느긋하게 하는 스타일이었다.

"수업 중에 죄송합니다. 급하게 선생님들께 전달 말씀이 있어 부득이하게 방송하게 되었습니다. 교실과 특별실, 교무실 모두에 나가는 방송입니다. 수업 중에 계신 선생님들께서는 학생들을 조용히 시키고 회의실로 잠시 모여 주시기 바랍니다. 다시 한 번 알립니다. 모든 교사는 회의실로 신속히 모여 주시기 바랍니다.”

우리 학생들과 동선이 겹칠 수 있는 거리의 학원이라 학교에서는 긴장했다. 빠르게 조처해야 한다는 생각에 절대로 수업 시간은 보장되어야 한다고 생각하는 교장이 빨리 방송해서라도 접촉자가 있는지 그 학원에 다니는 학생이 있는지 조사하라고 동동거렸다. 회의실에 모인 교사들은 교장의 다급한 소리에 순간 술렁댔다. 교사들은 일사불란하게 움직였다.

담임교사가 교실에 입실해 학생들의 동요가 없도록 조심스럽게 조사를 한다고 했지만, 그것이 조심스럽게 조사한다고 해결될 일은 아니었다. 학생들은 눈이 동그래져 주위를 두리번거렸다. 그 학원에 다니는 학생은 보건실 격리 대기실로 이동했다. 5명뿐이었다. 보건교사가 일일이 학부모님한테 전화를 걸어 학생을 이러이러한 상황으로 귀가조치를 한다는 것과 혹시 보건소에서 검사받으라고 연락 오면 담임 선생님께 알리고 선별진료소에서 검사받으면 된다고 말했다. 학교가 한바탕 요란하게 요동치고 가라앉았다. 다행히 아무 일도 일어나지 않았다.

심심치 않게 주변에서 코로나19에 감염되었다는 확진자 소식이 들리고 학부모가 밀접 접촉자라 학생도 자가 격리해야 한다고 등교하지 않는 학생들이 늘어났다. 그래도 모두 음성 판정이 나고 신나서 등교했다. 학교 오기 싫은 학생들은 열이 난다는 둥 목이 아프다는 둥 핑계를 대고 결석하는 경우가 종종 있었다. 담임교사는 그것이 핑계라는 것을 알지만 혹시나 하는 생각에 공결 처리를 했다.

급식실에도 교실에서와 마찬가지로 각자의 자리가 지정됐다. 학생들은 지정된 자기 번호에서만 밥을 먹을 수 있었다. 모두 마스크를 쓰고 생활하다 보니 우연히 급식실에서 마스크 벗고 밥을 먹는 학생들을 보면 누군지 몰라보는 경우가 많았다.

한번은 이런 일도 있었다. 자리에 앉을 때는 분명히 아는 학생이었는데, 마스크를 벗고 밥을 먹는 학생은 내가 생각하고 있던 그 학생이 아니었다. 너 누구니? 여기 네 자리 맞니? 하고 말할 뻔했다. 눈과 이마와 목소리만으로 상상하던 얼굴이 아니었기 때문이었다. 아마 학생들도 내 얼굴을 보고 깜짝 놀랐을지도 모르겠다. 아이들의 반응이 어떨까 은근히 궁금해졌다.

4

오늘 첫 수업은 1교시 3학년 5반 수업이었다. 그전에는 아침에 출근하면 비담임들은 40분이라는 시간적 여유가 있었다. 담임들은 그만큼 수업 외로 1시간씩 매일 수업 시수가 더 많은 것이나 마찬가지였다. 아침 시간에 20분간 독서 시간, 10분간 담임 시간, 10분 쉬는 시간 그리고 9시부터 1교시가 시작되었다. 그런데 지금은 학생들이 학교에 머무는 시간을 최소화하기 위해 아침 8시 30분까지 등교하여 담임 시간 갖고, 바로 8시 40분부터 1교시가 시작되었다.

최 선생이 준 커피와 백 선생이 건넨 쿠키 한 조각을 먹고 입술에 붙은 부스러기 떼어내고 수업에 들어갔다.

"얘들아, 안녕!"

나는 아이들의 밝은 얼굴을 좋아한다. 학생들의 인사를 받고 출석부를 확인했다. 응? 서연이가 공결이네? 생린가? 혼자 의미 없이 중얼거리며 칠판에 단원명과 학습 목표를 쓰기 위해 돌아서는데 방귀가 나오려고 했다. 지금은 아니지. 엉덩이에 힘을 주어 실수를 막았다.

"혜리야 뭐하냐? 책 안 펴고. 채연이는 아직도 잠이 안 깼냐? 1교시부터 엎드려 있게."

잔소리했지만 혜리와 채연이는 미동이 없었다. 나는 엉덩이가 묵직해서 움직이고 싶지 않았다. 한 번 더 주의 주고 넘어가자 생각하고 조금 전의 목소리 톤보다 더 낮고 짧게 말을 던졌다. 학생들의 시선이 그 둘에게 쏠렸다. 둘은 마지못해 몸을 일으키며 책상 속에서 책을 꺼내 책상 위에 소리 나게 던졌다. 그러자 학생들은 내 눈치를 살폈다. 다른 날 같으면 "이놈 봐라" 하며 버럭 경고를 했을 것이었다. 그러나 오늘은 참았다.

수업자료를 모니터에 띄우기 위해 노트북의 화면을 터치하며 파일을 찾았다. 그래 이 동영상을 보여주면 좀 분위기가 살아나지 않을까? 한때 전 국민을 한국사에 빠져들게 했던 일타강사가 있었다. 그 강사의 프로를 시청하면서 그의 쇼맨십적 인사법을 모방해 '한국사를 사랑하는 여러분 안녕하십니까?' 하며 수업 분위기를 즐겁게 유도하여 수업을 진행했던 적도 있었다. 그때 유튜브에 올라오는 동영상을 모두 다운받아 두고 수업 자료로 활용하곤 했다. 어느 날 세계의 역사를 엄청나게 왜곡해 방송했다는 이유로 하루아침에 마녀사냥 당하듯 방송가에서 내몰아지기 전이었다. 나는 본 수업 내용과 연관된 동영상을 찾아 막 TV 모니터에 연결하려는 순간 깜짝 놀라 한 발짝 뒷걸음질했다. 예은이가 언제 왔는지 바짝 얼굴을 들이밀고 있었다.

응? 왜? 생각지도 않은 얼굴이 갑자기 눈앞에 나타났기 때문에 놀랐다. 영상 파일을 찾느라 신경을 노트북 화면에 집중하고 있어서 예은이가 다가와 있는 것을 감지하지 못했다. 예은이 얼굴에서 순간 열감이 느껴졌다.

"선생님, 보건실에 좀…."

예은의 입김이 뜨겁다는 생각이 들었다. 나는 고개를 끄덕여 가보라는 신호를 보내며 동영상을 열었다. 영상 속 강사는 밝고 높은 어조로 사도세자를 아버지로 둔 왕에 대한 강의를 시작했다. 그는 말을 할 때면 얼굴의 이목구비 모두에 힘을 주어 말을 했다. 이는 보는 사람의 정신을 바짝 들게 하는 신비한 마력이 있다고 늘 생각했다. 해이한 분위기에 이 영상을 트는 것은 탁월한 선택이라고 스스로 만족하며 학생들에게 시선을 던졌다.

떠드는 학생은 없었다. 어수선하게 몸을 움직여대는 것도 아니었다. 그런데 이상하게 주의가 영상으로 모이지 않은 듯 교실의 기운이

칙칙했다. 도슬이가 더는 참지 못하겠다는 표정으로 툭 던졌다.

"선생님, 좀전에 예은이가 목 아프다고 했어요."

"그래? 너 예은이하고는 자리도 먼데 친하니? 예은이 목 아픈 것도 알고 대단해요."

뒷말을 길게 끌어 발음하며 농담하듯이 나는 무심하게 대꾸했다. 별일 없을 거야. 요즘 갑자기 날씨가 쌀쌀해져서 감기 걸리는 애들이 많잖아. 입김에서 뜨거운 열기가 느껴졌었는데, 아니겠지. 등교할 때 분명히 중앙현관에서 열 체크를 했을 텐데. 어떻게 교실에 들어왔지? 머릿속으로는 여러 생각들이 한꺼번에 몰려왔다.

그때 예은이 뒷자리에 앉은 사랑이가 눈치 보듯 조심스럽게 말했다.

"담임 선생님이 조례 마치고 나간 뒤에 예은이가 교실에 들어왔어요."

그랬구나. 나는 의미 없는 추임새를 넣고 영상의 재생 버튼을 앞으로 끌어와 처음부터 다시 돌렸다. 벨이 빨리 울리기만을 바라며 엉덩이에 힘을 주었다. 가스가 장 속으로 밀려들어 터지는 소리가 들렸다.

5

1교시 마치는 벨이 울렸다. 급한 마음에 학생들의 인사도 안 받고 노트북과 수업 자료를 챙겨 들고 황급히 내려와서 화장실로 먼저 향했다. 교무실에 들러 소지품을 내려놓고 화장실을 가는 사이 배변의 욕구가 사라질까 염려되기 때문이었다. 대장이 묵직하게 가스를 방출하고 싶어 아우성쳤다. 서둘러 화장실 제일 끝 칸으로 들어가 앉았다. 가스가 대장 밖으로 터져 나왔다. 소리가 연거푸 요란하게 장을 빠져나왔다. 그뿐이었다. 바라던 변은 나오지 않았다. 어지러울 때까지 아랫배에 힘을 주어 보았지만 허사였다. 다시 힘을 주었다. 이러다가 항문 근처의 혈관이 터져버리지나 않을까 걱정이 되었다. 성과는 없었지만 그래도 장에 있는 가스만이라도 빼내서 조금은 개운했다.

교무실로 들어서는데 분위기가 싸했다. 화장실에 있는 동안 2교시 수업 종이 울린 지는 10분은 지났을 시간인데 교사들이 모두 자리에 앉아 있었다. 특별실에 있는 교사들까지 교무실 한쪽에 비치된 협의회용 테이블 의자에 심각한 표정으로 앉아 있었다. 눈치를 보며 자리로 들어가 파티션 너머의 백 선생에게 눈짓으로 무슨 일이냐고 물었다. 백 선생이 미간을 찌푸리며 짐짓 심각한 표정으로 오른손 검지를 입술에 가져다 댔다.

보건교사가 마이크를 들고 서 있었다. 보건교사는 교사로 임용되기 전에 서울의 큰 종합병원에서 간호사로 근무했었다고 했다. 그래서 우리는 보건교사를 마치 주치의처럼 신뢰했다.

"우리 학교에서도 확진자가 발생했기 때문에 교육청 매뉴얼에 의해 학생들을 모두 귀가조치해야 할 거 같습니다."

조용하고 부드럽지만 단호한 보건교사의 음성이 교무실 스피커를 통해 울렸다.

순간 조용한 동요로 교무실 전체가 술렁였다. 보건교사가 교장에게 선생님들께 상황을 설명해야 하지 않겠냐고 묻는 소리가 스피커로 속삭이듯 들렸다.

"3학년 학생이 가족 간 접촉에 의한 감염으로 어제 선별진료소에서 검사한 결과 오늘 확진 판정을 받았다고 연락이 왔습니다. 아직 확실한 것은 조사해 봐야 알겠지만 같은 반 학생이 조금 전 열감기 증상이 있어 보호자께 연락해 귀가조치 했습니다. 본교는 한 건물 내에서 전교생이 급식실과 특별실을 함께 사용하고 있으며 수준별 이동수업으로 인하여 전교생의 접촉 가능성을 배제할 수 없으므로 전교생 귀가조치 결정을 내립니다."

바로 이어서 교무부장의 음성이 들려왔다.

"학생들의 동요가 있을 수 있습니다. 동요되지 않도록 교사들의 한목소리가 절실히 필요한 때입니다. 우선은 확진자가 발생했다는 것은 학생들에게 알리지 말고 그냥 단순히 밀접 접촉자가 발생하여 선제적 예방 차원에서 귀가조치 한다고 말씀해 주시기 바랍니다. 그 이후는 학급 단톡방과 학교 홈페이지를 통해 가정통신문으로 상황을 알려주겠다고 말씀해 주시면 됩니다. 그럼 빠르게 종례를 마치고 귀가할 수 있도록 지도 바랍니다."

담임교사들이 각 교실로 가기 위해 술렁이며 자리에서 일어서는 순간 교감의 다급한 목소리가 스피커를 통해 들려왔다. 노파심이 많은 교감답게 학생들이 다른 곳에 가지 않고 바로 귀가해 학교의 지시에 따르도록 꼭 전달하라고 재차 당부하는 말을 했다.

나는 교실로 들어가려는 송 선생을 불러세웠다. 혹시 송 선생네 반이냐고 묻는 물음에 송 선생은 난처한 웃음을 흘리며 먼저 교실에 다녀온 다음에 얘기하겠다며 교무실을 총총 나갔다. 3학년에서 발생했다면 적어도 내가 알고 있어야 하는 건 아닌가, 아무리 긴박한 상황이라고는 하지만 그래도 학년 부장인데 나를 배제하고 그들끼리만 의논하고 협의했다는 생각이 들자 몹시 불쾌해졌다.

학생들을 귀가시키고 교무실로 들어오기 시작하는 교사들의 얼굴이 복잡했다.

"부장님, 우리도 재택근무로 돌려야 하는 건 아닌가요?"

누군가 걱정스레 하는 말을 넙죽 받아 맞장구를 치며 재택해야 한다고 여기저기서 불쑥댔다. 조금 전만 해도 협의에서 배제되었다고 불쾌하게 여겼던 마음은 사라지고 걱정이 고개를 들기 시작했다. 만약 5반이라면, 나는 그 교실에서 어제도 오늘도 수업하지 않았던가, 게다가 예은이가 열난다고 했고…. 머리가 복잡하게 돌아가고 있을 때 송 선생이 교무실로 들어왔다.

"송 선생, 누구야? 공결로 돼 있던데, 서연이야?"

송 선생은 대단한 비밀이라도 되는 듯이 입을 가리고 내 귀에 바짝 들이대며 맞다고 했다. 나는 귀를 가리며 그에게서 떨어졌다. 그가 비밀스럽게 귓속말까지 하는 이유를 이해할 수 없었다.

"송 선생, 그냥 말해. 3학년 담임샘들은 모두 아셔야 하잖아."

"아, 아…."

송 선생은 난처하다는 듯이 아아 소리만 연거푸 했다.

"샘들이 알았다고 해서 큰일 날 일도 아니잖아. 정보는 알고 있어야 어떤 대처든 하지."

교장 선생님이 더 이상의 정보는 함구하라고 했다며 송 선생은 입을 다물었다. 나이든 교사들끼리 요즘 젊은 교사들을 이해하기 힘들다고들 말했다.

송 선생도 첫해에는 나이든 교사와 공적으로나 사적으로 업무를 처리하면서 충돌이 많았다. 따지고 보면 송 선생의 처사가 틀렸다고 볼 수도 없는 일이었다. 송 선생 반 학생들이 학급회의 시간에 건의한 내용을 담임교사 차원에서 학생들을 다독이고 무마하지 않고 교장실로 가서 건의하라고 학생들을 부추긴 일도 있었다. 나이든 남교사가 무심히 던진 여자 어쩌고 하는 말에 여성비하 발언이라며 공개적으로 사과하라고 발끈하기도. 거기서 그치지 않고 직원회의 시간에 노장의 부장교사로부터 다시는 그런 일이 없도록 조심하겠다는 공개 사과를 받아냈다. 연가를 결재받는 과정에서 개인사라고만 기록된 것을 보고 구체적인 사유를 묻는 교감에게 개인의 사생활 침해에 해당하는 사항이라며 단호하게 연가 사유를 말하지 않아 교감을 난감하게 했었던 적도 있었다.

"그래 알았어. 묻지 않을게요. 하지만 다른 학년도 아니고 같은 학년 담임끼리는 정보를 공유해야 한다고 생각합니다."

이렇게까지 말했지만 송 선생의 입을 열게 하지는 못했다. 등 돌아 앉아 있는 송 선생의 꼿꼿하게 세운 목덜미에서 그녀의 아집이 대신 응답했다.

6

교무실이 텅 비었다. 교사들이 재택근무 신청서를 제출하고 귀가했다. 코로나19 확진자 발생 시의 대응 매뉴얼에 의하면 학교에는 최소한의 인력만 남아 있고 모두 자택에서 자발적 자가격리를 해야 했다.

보건교사는 학생 감염병 예방·위기 대응 매뉴얼에 의해 즉시 교육청 감염병 관리처에 상황 보고를 했다. 방역당국의 학교전담 지원팀이 현장 조사와 확인을 위해 3시까지 방문한다고 했다. 교내 방역소독을 하는 동안 교장실에 교장, 교감, 행정실장, 보건교사, 담임교사 그리고 나까지 모였다. 나는 행정실장의 머리 너머의 창문 밖 노랗게 물든 은행나무를 바라보았다.

하, 참! 배가 서너 번 부풀었다가 꺼지기를 반복하던 교장이 한숨 섞인 감탄사를 뱉었다. 그렇게 조심을 했는데, 라며 말을 흐렸다.

"불가항력이죠. 학교는 철저하게 매뉴얼을 지켰잖습니까. 너무 걱정하지 마세요, 교장 선생님."

지금 이 상황에서 책임 소재를 따지는 것을 보면서 역시 행정실장답다는 생각이 들어서 나도 모르게 한쪽 입꼬리를 말아 올리며 코웃음을 웃었다. 나와 눈이 마주친 행정실장의 얼굴이 일순간 경직되었다.

교감이 나를 의식했는지 사안이 발생했을 때 찾았다고 조심스럽게 말을 텄다. 교감이 말해주지 않았다면 오해로 인해 비협조적인 태도를 보였을 것이었다. 조금 전까지만 해도 내가 왜 저들과 함께 학교에 남아 있어야 하는지 부정적인 태도를 보였었다. 학생전담 관리자인 학생인성부장도 귀가한 마당에 내가 왜 여기에 어정쩡하게 있어야 하는지 화가 나 있던 참이었다.

현재 상황에서 우리가 할 수 있는 매뉴얼에 의한 조치는 다 취한 상태였다. 그러기 때문에 교장실에 모여 있었지만 더 이상 할 말이 없었다. 숨소리와 답답함을 토해내는 한숨 섞인 탄식만이 간간이 들렸다. 그 사이 교무실에서 울리는 전화벨 소리가 끊겼다 들리기를 반복하고 있었다.

답답한 마음에 자리에서 일어나며 교장을 향해 물었다.

"제가 교무실을 지키고 있겠습니다. 학부모님들의 문의 전화가 계속 오는 것 같은데, 뭐라고 응대하면 좋을까요?"

학생들을 귀가시키면서 전교생을 대상으로 우선은 선별진료소에 가지 말고 자가격리하며 대기하고 있다가 추후에 다시 문자서비스를 통해 전달하겠다고 한 것은 알고 있었다. 하지만 문자를 보낸 지 벌써 서너 시간이 지났으니 학부모들은 그동안 상황이 얼마나 어떻게 진행되고 있는지 불안하고 궁금할 것이었다.

교장은 보건교사를 바라봤다. 키 작은 교장은 마치 보건교사가 보호자라도 되는 양 보건교사의 판단을 재촉했다. 보건교사의 시선이 나를 향했다.

"그럼 제가 알아서 학부모님들의 문의 전화를 받겠습니다. 우선은 교육청 지원팀의 조치를 기다리는 중이라고 말씀드리겠습니다."

내가 교장실을 나오자 우르르 자리에서 일어나 교장실을 나왔다. 아마 급한 마음에 아직 3시 전이지만 모두 중앙현관 앞으로 나가 방역청의 학교전담 지원팀이 도착하기를 기다리기로 한 모양이었다.

교무실로 들어서자마자 요란하게 울려대던 전화벨 소리가 멎었다. 자리에 앉아 노트북을 열었다. 교실에서 들고 나와서는 그대로 책상에 올려놓고 코드를 연결하지 않아서 노트북이 방전되었다. 전기코드를 연결하고 노트북을 켜기 위해 암호를 입력했다. 복잡한 마음에 딱히 노트북을 켜고 할 일도 없으면서 습관적으로 검색사이트를 연결했다. 전화벨이 울렸다.

"네, 안녕하세요. D중학교 교무실, 교사 양현숙입니다. 무엇을 도와드릴까요?"

일 년에 두 번씩 교육청에서 무작위로 전화를 걸어 전화응대 친절도를 평가하여 기관 표창과 개인 표창을 시행하고 있었다. 모든 학교의 평가점수를 공문으로 발송했다. 학생들 성적도 절대 공개하지 않는 요즘 세상에 전화응대 친절도 점수를 시 교육청에서 솔선수범하여 공개하고 있었다. 우리는 아무리 바쁘고 급해도 '네, 안녕하세요. ○○학교 ○○실, 교사 ○○○입니다'로 시작하고, '그럼 좋은 하루 보내세요'라며 끝인사를 해야 했다. 각각의 전화기마다 그 옆에 전화응대 요령이라는 매뉴얼이 붙어 있었다. 서두가 길다 보니 내선전화일 때는 전화 받는 사람이 먼저 긴 인사말이 이어지기 전에 저 누구인데요, 하면서 용건을 말했다.

학부모의 다급한 음성과 내 인사말이 겹쳤다.

"아니, 우리 아이가 집에 와있는데요. 검사는 언제 받아요?"

학부모는 다짜고짜 자신의 신분은 밝히지 않은 상태로 검사를 언제 받는지 어디서 받는지 자기의 아이가 밀접 접촉자인지 확진자가 몇 학년 몇 반인지를 궁금해했다.

두어 달 전 헬스장 관련 밀접 접촉자로 PCR 검사를 받은 적이 있었다. 출근 후에 문자가 전송되어 무척 당황했었다. 문자를 보는 순간부터 검사받고 결과 통보를 받기 전까지 지옥과 같은 시간을 보냈다. 노모가 걱정되고 학교가 걱정되었으며, 다른 사람에게 피해를 줄까 봐 두려웠다. 두 번의 검사는 다행히 음성이었다. 타인을 위해 그날 이후 더 조심하게 되었다. 내 경험상 불안해하는 학부모의 문의 전화에 좀 더 진정성 있는 상담을 할 수 있을 것 같았다.

"어머니, 걱정 많이 되시죠? 걱정 안 하셔도 될 것 같습니다. 밀접 접촉자였다면 관할보건소에서 검사받으라고 연락이 갔을 건데요, 아무 연락 받지 않았다면 우선은 조금만 더 기다려 보시면 좋을 것 같습니다. 3시에 교육청에서 방역지원팀이 오기로 했거든요. 그러면 바로 문자 알림이 갈 겁니다. 답답하고 초조하시겠지만 조금만 기다려 주세요."

나의 긴 설명에 학부모는 마음이 누그러졌는지 알겠다고 자기가 직장생활을 하다 보니 조퇴하고 집에 가야 하나 어쩌나 걱정이 되어서 전화했다고 수고하신다는 말을 끝으로 전화를 끊었다. 나는 학부모가 전화를 끊기 전에 빠르게 끝인사를 했다. 그럼 어머니 좋은 하루 보내세요라고 말이다.

웃음이 터져 나왔다. 또 1학년 교무실 쪽에서 전화벨이 울리는데도 나는 웃느라 전화를 못 받고 허리까지 접으면 웃었다. 송 선생이 교무실로 들어오다가 배를 움켜잡고 웃는 나를 보고는 어디 편찮으시냐고 물었다. 그 말에 나는 더 웃었다. 웃음이 웃음을 낳아 눈물까지 짜며 웃었다. 이런 상황에 좋은 하루 보내세요라니 너무도 어처구니없는 습관의 난센스였다.

방역청의 학교전담 지원팀은 4시가 다 되어서 왔다. 확진자가 발생하면 지원팀이 올 때 TV에 나오는 것처럼 하얀 방역복에 우주인처럼 하고 방역 병원차로 오는 줄 알았다. 그들은 그냥 소형 승용차 두 대에 나눠 타고 5명이 왔다. 그들은 우리를 도우려고 온 것이 아니라 조치를 제대로 매뉴얼대로 취했는지 방역에 과실은 없었는지 등을 감시하고 조그만 꼬투리라도 있으면 만일에 학교 내에서 확진자가 더 발생하면 전적으로 학교에 모든 책임을 전가하려는 의도로 사찰 온

감사원 같은 느낌이었다. 지원팀의 판단은 전교생을 대상으로 선별검사를 할 필요는 없다는 것, 3학년 학생만 희망자에 한해서 개별적으로 선별검사를 받도록 하면 된다는 것이었다.

지원팀이 떠나고 보건교사는 1, 2학년 학생에게는 검사를 받지 않아도 되지만, 그래도 검사를 희망하는 학생은 개별적으로 검사를 받으면 된다는 것과 다음 주 월요일부터 정상 등교하라는 문자를 발송했다. 3학년에게는 검사를 희망하는 학생은 개별적으로 검사를 받고, 2주 후 월요일부터 정상 등교하라고 문자를 발송했다.

나와 담임과 보건교사는 단순 접촉자로 분류되어 퇴근하면서 선별진료소에서 검사를 받은 후 다음 날 검사 결과 통지 후 출근하도록 했다. 그날 서연이가 1교시에 역사 수업을 들었고 2교시에 보건실에 누워 있다가 3교시 전에 조퇴했기 때문에 단순 접촉자가 된 것이었다.

선별진료소에 가서 검사를 받고 집으로 갔다. 혹시 몰라 집에 들어가면서 노모한테 학생이 확진 판정을 받았는데 내 수업 시간에 있었기 때문에 나도 검사를 받고 왔다고 말씀드렸다. 노모는 걱정스럽게 한숨을 쉬며 밥은 먹었냐고 물었다. 그러고 보니 오늘은 종일 아무것도 못 먹었다. 그리고 언제 그랬냐 싶게 배변의 욕구가 감쪽같이 사라졌다. 은근 걱정이 스멀거렸다. 이러다가 또 응급실 가는 건 아닌가 걱정이 됐다.

서연이로 인한 전염자는 발생하지 않았다. 어머니로 인하여 서연이가 감염되었다고 했다. 서연이가 등교하던 날 아침에 열이 조금 있었지만 흔한 감기라고 생각하고 종합감기약을 먹고 예은이와 함께 택시를 타고 학교에 왔다. 예은이와 택시 기사가 밀접 접촉자로 검사를 받았다. 두 번의 검사 모두 음성이었다. 예은이는 다행히 편도선염으로 진단되었지만 지침에 따라 두 번의 PCR 검사를 받았다.

1, 2학년은 일주일만 원격수업을 하고 등교를 했지만, 3학년은 특정 학급이 알려질까 우려되어 모두 2주간의 원격수업을 실시했다. 교사들은 아무도 서연이의 이름을 거론하지 않았다. 3학년만 2주 원격수업을 했기 때문에 다른 학년은 3학년에서 확진자가 나왔을 것이라고 짐작했다. 그래도 교사들 입에서는 우리 학교에서 확진자가 나왔다는 말은 절대 하지 않았다. 다만 주변에서 확진자가 나왔기 때문에 예방 차원에서 우리도 원격수업을 한 것이라고 교사들은 모두 한목소리를 냈다.

서연이는 근 한 달 만에 등교했다. 송 선생의 당부가 있었기에 우리는 서연이를 보고 반가웠지만 내색하지 않았다.

"서연이가 다른 친구들이 알까봐 걱정을 많이 해요. 그래서 선생님들이 특별히 서연이한테 관심 있는 말을 하지 않는 편이 낫다고 생각합니다."

"그래요, 그렇게 하죠. 그런데 예은이나 몇몇 아는 친구도 있지 않을까요?"

그런다고 감춰질까 의심스러워하며 조심스럽게 말을 했다.

"다른 학생들과는 이미 상담했습니다. 서연이 스스로 말하기 전까지는 친구들도 말하지 않기로 다짐했어요."

그 일이 있고 나서 서연이의 등교를 두고 학생들이 의심하고 수군거릴 만도 한데 그동안 수업 들어갔을 때 전혀 이상한 동요를 느끼지 못했다. 아마도 송 선생이 학생들의 동요를 미연에 예방하기 위해 학생들과 상담하고 자연스럽게 관심을 다른 것으로 돌리는 등의 노력을 했다는 것을 알게 되었다.

"송 선생, 그동안 애썼네."

선입견으로 그동안 꽁한 마음에 곁눈으로 송 선생을 바라봤다. 미안한 마음이 밀려왔다. 내가 실없이 시간 날 때 밥 한번 먹자고 말하자 송 선생은 흔쾌히 승락했다. 그날따라 송 선생의 웃음소리가 시원하게 들렸다.

벌써 한 달 넘게 변비였다. 일삼아서 시간만 나면 변기에 앉았다. 변기에 앉아 허비하는 시간이 아까워 핸드폰을 들고 들어가서는 인터넷 기사 두서너 개씩 읽고 나오는 것은 약과고, 어느 때는 변기에 앉아 전날 놓친 일일드라마 한 편을 다 본 뒤에 볼일을 마치는 때도 있었다. 이걸 볼일 봤다고 해야 할까, 겨우 염소똥 한두 방울을.

8

기말고사가 끝났다. 2학기는 학사일정이 늘 정신없었다. 추석을 포함해서 공휴일도 많았고 3일 동안의 행사와 축제도 있고 중간, 기말고사도 있고 정말 정신이 없었다. 시험을 보기 위해서는 교과 진도도 확보해야 하고 시험문제도 출제해야 했다. 중간고사 이후에 숨 좀 돌리는가 싶었는데 확진자 발생으로 인해 갑자기 실시한 원격수업은 수업 진도 계획에 차질을 가져왔다. 원격수업으로는 전혀 학습효과를 얻을 수 없었다. 공부 잘하는 학생들이야 가정에서 관리하든 스스로 알아서 하든 잘했다. 원격수업으로도 정상적으로 교육과정에 맞춰 진도를 나가는데도 학생들은 등교수업에서 원격수업분을 다시 학습해 줘야만 했다.

"그냥 놔두세요. 그걸 어떻게 또 해줘요. 힘들게. 공부 안 하는 것도 다 지 팔자죠."

박 선생이 얄밉게 말했다.

"어떻게 그래요. 저도 다시 해줘요."

송 선생이 뒤를 돌아보며 공감의 말을 보탰다.

"하기야 박 선생은 체육이니 다시 안 해 줘도 되겠네. 나도 그런데, 우린 예체능 과목이라 시험을 안 봐도 되니까 가능하네요. 대신 수행평가가 많아서 힘들지만요."

1학년 교무실에 있는 미술 선생이 파티션 너머로 훈수를 뒀다.

겨울방학 동안 화장실 공사로 2월 개학이 없어졌다. 그 대신 겨울방학이 2주 늦춰졌다. 기말고사가 끝나면 2주 후에는 방학을 했는데 이번에는 시험이 끝나고도 근 한 달이나 남았다. 교과서 진도도 다 끝났는데 무엇을 할까 걱정이었다. 무엇을 하면 좋을까 학생들에게 물어보았다. 무조건 놀자, 아니면 영화를 보자고 했다. 그럴 수는 없었다. 학생들에게 무엇인가 남을 추억을 만들어 주고 싶었다.

"자, 우리 역사 연극을 만들어서 발표하는 시간을 갖도록 하죠."

학생들은 싫다고 아우성을 쳤다. 차라리 그냥 자습하면 어떻겠냐고도 했다.

나는 학생들을 설득해 역사 연극을 하기로 했다.

"자, 얘들아. 모둠을 짜도록 할게요."

나는 칠판에 3칸의 표를 만들었다. 믿음, 소망, 사랑 3개의 모둠원을 조직하기 위해서였다. 활동시킴이 프로그램을 활용해 번호를 뽑았다. 활동시킴이가 뽑은 번호의 학생이 나와서 칠판에 함께 활동하고 싶은 모둠명에 이름을 적었다. 어떤 모둠명에는 10명이 넘는 학생들이 있는 반면에 어떤 모둠은 대여섯 명뿐인 모둠도 있었다. 모둠원이 적게 구성된 학생들은 속상해하는 모습이 역력히 보였다.

"자, 얘들아. 모둠 인원을 공평하게 조정하지 않을 거예요. 왜냐하면 여러분들이 점수와 관계없이 편안한 마음으로 서로서로 협동하고 배려하면서 한 편의 연극을 만들어 가는 과정에서 사회성을 기르는 활동이기 때문입니다. 모둠원의 수가 많든지 적든지 모든 것은 장단

점이 있어요. 모둠원이 많으면 역할을 정할 때 좀 더 세분할 수 있겠죠. 그 대신 내가 꼭 하지 않아도 된다는 생각 때문에 무임승차하는 친구가 생길 수도 있어요. 자칫하면 서로 마음을 상하게 될 수도 있답니다. 그 반면에 모둠원이 적으면 역할을 정할 때 모두 중요한 역할을 담당하게 되죠. 책임감이 길러진답니다. 또한 모둠원들의 결속력이 더 강해지죠. 그리고 대본을 완성한 후 대본 연습을 할 때 직접 만나서 하기도 쉽지만 줌으로 만나서 연습하기도 좋아요.”

학생들은 내 말에 고개를 끄덕이며 수긍한다는 의미를 표했다.

“자, 그럼 여러분들이 마음껏 큰소리로 활동을 해도 다른 반 수업에 방해되지 않고 모둠원이 함께 할 수 있는 넓은 공간이 필요합니다. 그래서 다음 시간부터는 우리 모두 도서열람실에서 수업하도록 하겠습니다.”

9

교실이라는 공간에서의 일제식 수업은 아이들 하나하나의 모습이 드러나지 않았다. 하지만 활동 수업에서는 학생들의 성향이 잘 보였다. 교실 수업에서는 아이들이 자신을 숨길 수 있지만, 활동 수업에서는 학생 대부분이 각자의 역할에 의해 움직이기 때문에 그들의 모습이 확연히 보였다. 일부러 보려고 해서가 아니라 저절로 보였다. 비록 마스크로 얼굴의 반을 가렸지만 보였다. 그렇게 서연이가 보였다.

모둠별로 직사각형의 넓은 탁자를 차지하고 학생들이 빙 둘러앉았다. 인원수가 많은 모둠은 탁자 두 개를 맞붙여 앉았다. 서연이가 속한 모둠은 탁자 두 개를 붙여 앉아 있었다. 예은이는 서연이와 같은 모둠이 아니었다. 나는 의아해서 나도 모르게 고개를 갸우뚱했다. 서연이가 모둠원들과 잘 어울리면서 활동을 하는 것 같으면서도 왠지 모르게 어색한 느낌이 들었다. 뭐지, 뭐지? 뚜렷하게 콕 꼬집어 이거다, 라고 말할 수 없는 무엇인가 불편함이 서연이 주변을 감쌌다.

점심을 먹으러 급식실로 가는데 4교시 수업을 마치고 내려오는 송 선생을 만났다.

"송 선생, 점심 먹으러 가자."

"아, 네, 손도 씻어야 하니 먼저 가세요."

나는 괜찮다고 나도 손 씻어야 하니까 같이 가자고 하며 조금 전에 씻은 손을 송 선생처럼 거품을 많이 내서 손가락 구석구석 손깍지 끼며 씻었다.

송 선생은 식사하는 속도가 빨랐다. 어느새 다 먹고 일어나려는 송 선생을 잡았다. 할 얘기가 있으니 잠시만 기다려 달라고 했다. 잠깐이면 된다고.

급식실에서 나와 운동장을 한 바퀴 돌아 교무실로 향하며 서연의 이야기를 시작했다. 날씨는 겨울답지 않게 햇볕이 따뜻했다. 송 선생은 동그랗게 놀란 토끼 눈으로 서연이가 왜요? 하고 되물었다. 요즘 서연이의 학교생활이 어떠하냐고 묻는 말에 서연이하고 상담도 자주 한다고 했다. 서연이가 자청해서 친구들 공부 멘토도 하고, 도리어 내

가 너무 민감하게 생각하는 것 아니냐며 송 선생의 과한 반응이 돌
아왔다.

"그런가, 별일은 아니고, 요즘 수업 시간에 연극 활동을 모둠별로
하고 있어. 그런데 예은이가 서연이하고 같은 모둠이 아니더라고. 둘
이 친하지 않아?"

둘이 한 아파트 아래위층에 살아서 초등학교 때는 단짝처럼 친했
는데, 지금은 집이 같으니까 같이 다닐 때도 있고 그렇지 않을 때도
있다고 송 선생은 아무렇지도 않게 말했다. 내가 민감하게 바라보고
있는 것일 수도 있다는 생각이 들었다.

한동안 염소똥 한두 방울로 때우던 배변이 4일 전부터 그것마저
소식이 없었다. 배가 더부룩해서 입맛까지 잃었다. 물을 많이 마시면
배변에 도움이 된다고 해서 물병을 들고 다니며 물을 수시로 마셨다.
덕분에 두세 시간 간격으로 소변을 봤다. 이대로 가다가는 응급실로
실려갈 수도 있겠다는 생각이 들었다. 퇴근하며 늘 가던 가정의학과
의원에 들렀다. 병원에서 처방해 준 물약을 집에 가자마자 약사의 설
명과 설명서에 쓰여있는 대로 마셨다. 처음에는 그런대로 마실 만했
다. 세 번째 마실 때는 진저리가 쳐지며 구토가 났다. 레몬 비슷한 맛
을 내는 물약은 빈속을 뒤집어 놨다. 소식이 왔다. 변기에 앉았다. 드
디어 요란한 소리와 함께 쏟아졌다. 화장실을 몇 번 들락날락하며
속속들이 비워냈다. 몸이 가벼워진 느낌이었다. 시원했다. 정말 상쾌

하고 시원해졌다.

10

서연이네 역사 연극 공연 순서였다. 조선 건국을 배경으로 연극을 만들었다고 했다. 학생들의 창의력은 기대 이상이었다. 서연이네 모둠의 연극 또한 참신했다. 고려를 멸망시키고 조선이 건국되는 과정을 토론으로 구성하였다. 고려 측과 조선 측의 각각의 3명의 인물로 토론자와 사회자 일곱 명의 등장인물로 이야기를 꾸몄다. 서연이는 이방원의 역할을 맡아서 활동하고 있었다. 토론자들은 서로의 당위성과 반박으로 그 당시의 역사적 사건을 잘 표현하고 있었다. 서연이도 이방원의 역할을 잘 소화해서 토론하고 있었다. 서연이는 시조 하여가를 근거로 공양왕만을 섬기겠다는 정몽주에게 세상살이는 그렇게 경직되어 살아가는 것만이 옳은가, 비록 서로 얽히고 설켜 살아가는 삶이지만 더불어 살아가는 삶 속에서 진정한 가치를 얻을 수 있는 것 아니겠냐며 최종발언을 마쳤다.

그때 예은이가 서연이를 향해 잘했다는 의미로 엄지손가락을 치켜세워 흔들었다. 수업을 마치고 서연이를 잠시 불렀다. 서연이는 연극 대사를 완벽하게 외워서 실수 없이 했다는 것에 만족했는지 상기되어 있었다. 나는 나직이 서연이의 이름을 불렀다.

"서연아, 서연아."

서연의 손을 잡아 내 손바닥 위에 올려놓았다. 서연의 손등을 토닥였다. 요즘 괜찮냐고 물었다. 힘들지 않냐고 했다. 내가 도울 일 있으면 말해 달라고도 했다. 서연은 배시시 웃었다. 마스크로 가려져 웃는 입은 볼 수 없지만, 서연의 눈이 배시시 웃고 있었다. 서연의 연극 대사처럼 더불어 살아가는 삶 속에서 서로 이해하며 배려한다면, 어떤 어려움이 닥쳐도 나를 지켜봐 주고 믿어주는 사람이 곁에 있다면, 언젠가는 다 괜찮아질 것이라고 말하는 듯했다. 서연의 웃음에 화답하듯 나도 웃어주었다. 눈으로, 손으로 웃었다. 서연이의 손을 쓰담쓰담 토닥토닥 대며 웃었다. 서연이의 대사처럼 살자고 말했다.

곧 봄은 올 것이다. 바람을 타고 꽃이 흐드러지게 지천으로 피어날 것이다. 두 해나 봄을 맞지 못했는데 돌아오는 봄은 특별할 것이다. 두 해나 참았던 봄이니까. 지금은 자고 있는 봄을 깨우기 위해 바람이 분다. 갑작스럽지 않게 요란하지 않게 조용하게 바람이 봄을 깨우러 가고 있다.

그림 맞추기

문득 창밖 화단이 눈에 들어왔다.
그곳에는 언제 피었는지
상사화 몇 그루가 나란히 피어 있었다.

그림 맞추기

1

머칠 계속 이상한 꿈을 꾸었다. 깨어난 순간에는 머릿속이 온통 엉킨 실타래처럼 어수선하고 불쾌했다. 상황은 늘 비슷했다. 가위눌림 같은 것. 나무로 만들어진 낡은 계단을 아슬아슬하게 오르다 푸석 꺼져버리는 꿈. 그 아찔한 느낌을 며칠째 반복하고 있는 것이었다.

일어나 물부터 찾았다. 그런데 평소와 다르게 물컵이 있어야 할 자리에 손에 잡히는 것이 아무것도 없었고, 갑자기 오른쪽 다리가 허방으로 툭 떨어졌다. 눈을 떠보니 내가 잠을 잔 자리는 침대가 아니라 낯선 소파였다. 게다가 밀려드는 햇살로 눈이 시렸다. 시야가 서서히 열리며 동공 속으로 방안의 전경이 들어왔다. 이곳은 내 집이 아닌 것이 확실했다. 여기가 어디지? 왜 여기에 있지? 찬찬히 주위를 둘러보며 기억을 더듬었다.

어제 술을 마셨다. 퇴근 직후라 해가 떨어지지도 않았고, 포장마차는 아직 장사를 시작하지 않은 상태였다. 천막 뒤에서 몸을 들썩이며 분주히 손을 움직이던 주인이 힐끗 보더니 고갯짓으로 인사만 하고는 제 일을 하느라 바빴다. 오늘 장사 안 합니까? 볼멘소리하자, 일손을 멈추고 그제야 술잔을 꺼내왔다. 내 옆에는 박 선생이 있었다. 곧 주문하지도 않은 얼큰한 뭇국이 우리 앞에 놓였다.

박 선생은 술 한잔하자는 내 말을 피하지도 않고 따라왔다. 나는 본론부터 꺼낼 수 없어 자꾸 술을 권하며 뭉기적거렸다. 데면데면하게 앉아 있는 것을 피하려고 서두르는 꼴도 이상했다. 말없이 두어 잔, 석 잔째 잔을 비우고 나자 박 선생이 이제 막 김을 내고 있는 옆의 스테인리스 그릇에서 대나무로 된 어묵 꼬치를 하나 꺼내 들었다.

"속도 비었는데 이것부터 좀 먹자. 그런데 무슨 할 말이 있는 거 같은데⋯ 그지?"

어묵을 통째로 한입 가득 물고 박 선생이 물었다. 옆에서 본 그의 머리는 새치로 인해 더 나이들어 보였다. 그는 다른 사람과 눈이 마주치는 것을 피했다. 그게 그를 자신 없어 보이게 만들었다. 사람들은 그에 대한 평을 할 때면 사람은 좋은데⋯ 하며 말끝을 흐리고 완결된 문장으로 말하지 않았다. 언제나 스스로 낮추고 생색내지 않는 성격 때문에 모르는 사람들은 그를 만만하게 보았다.

막상 어떻게 서두를 꺼내야 할지 난감했다. 안주를 입 안 가득 물고 있는 사람을 마주보지 않고 주인의 등덜미를 따라가며 횡설수설하다가 겨우 이야기를 꺼냈다.

"우리 반 재인이 아시죠? 재인이 어머니께서 학교에 왔었습니다."

그날 재인의 어머니는 앞머리를 한껏 부풀려 높게 치켜세우고 재킷에 몸을 끼워 넣은 듯 가슴을 누른 단정한 자세로 교장실에 등장하였다. 그녀는 종종 평지풍파를 일으키며 학교에 나타나곤 했다. 김 선생, 잠시 나 좀 보세. 전화를 받고 부리나케 교장실에 들어갔더니 그녀가 그렇게 앉아 있었다. 학부모가 고객이 된 지는 오래였다. 더군다나 재력이 좋을수록 백화점의 VVIP 고객처럼 대우를 받으려 했다. 그런 학부모는 교장의 특별 영접을 받으며 담임교사를 움직였다. 그녀 역시 도도한 자세로 교장실에서 담임을 찾은 것이었다. 그리고 나를 보더니 고개만 까딱했다. 마치 그곳이 자신의 집무실이라도 되는 것처럼.

"우리 김 선생은 대대로 교육자 집안입니다, 허허. 아버지도 나와 선후배 사이로 막역지간이죠."

교장은 쓸데없는 말을 했다. 나와 자신은 가까운 사이여서 얼마든 수족처럼 부릴 수 있는 사람이라는 것을 보여줄 심산인 태도였다. 나는 학부모의 고답적인 자세에 마음이 불편했지만, 그녀 앞에서 비굴의 가면을 기꺼이 써주기로 했다.

부임하던 날 교장실을 나와 본부 교무실 문을 조심스럽게 열었을 때부터 왜 이 직업이 어려운 것인지 실감할 수 있었다. 그날 누군가가 교무실에서 고래고래 소리를 질렀다. 학기 말에 수업관리가 잘 안 되어 교실에서 영화를 보거나 떠들거나 하다가 생긴 일인데, 아이가 포커 놀이를 하다가 들켜 "그런 일은 개 돼지나 하는 거야."라는 말로 혼냈을 뿐이라는 것이었다. 아이는 집에 가서 선생님한테 듣기 힘든 폭언을 들었다고 일러바친 모양이었다. "지금 세상이 어떤 세상인데 우리 애한테 말을 함부로 하는 거야. 우리 애가 지금 충격 받아 우울증 증세를 보이고 있어. 책임져야 해." 그는 반말로 분탕질을 했다. 교사들은 젊은 학부모에게 머리 조아렸다. 죄송합니다. 학부모는 그 정도로는 분이 풀리지 않았다는 것을 양껏 표현하며 신입교사인 나를 힐끔 한번 쳐다보더니, "씨발, 두고 보겠어. 왜 애들 기를 죽이고 지랄이야." 하며 문을 쾅 닫고 나갔다.

나는 그런 일에 익숙했지만 적응이 안 되었다. 교장이 애써 자리를 피해주었지만 가능하면 눈을 마주치지 않았다. 그녀가 왜 학교에 왔는지는 알고 있었다. 말없이 교무수첩을 펼치자, 내가 하고 싶은 말은요, 하는 말로 그녀가 먼저 운을 떼었다. 그녀의 목소리는 낮았다. 부드럽게 말하려고 일부러 음색을 낮춘 듯했다. 뭐라 말해도 내용은 들리지 않았다. 낮은 듯 높은 듯 변해가는 소리의 톤만 귀에 쓸어 담았다. 그러다가 갑자기 어떤 향수香水에 얹힌 이상한 느낌이 밀려와 나를 곤혹스럽게 했다.

그녀가 문득 말을 멈추었다. 그리고 나의 눈을 똑바로 바라보았다. 톤에서 다른 육체의 감각을 음미하고 있던 나의 마음을 읽은 것은 아닌지 버럭 겁이 났다. 마치 눈싸움이라도 하려는 사람처럼 집요하게 파고드는 그녀의 눈빛이 숨통을 조여 왔다. 내 눈동자는 그녀의 눈빛에 눌려 갈 길을 잃고 흔들리다가 틀어 올린 그녀의 귀밑머리에 이르러서야 허공으로 흩어졌다. 그녀가 가볍게 웃었다.

"선생님, 제 마음 이해하셨죠? 다시 말하자면…"

말속에 섞인 그녀의 작은 비음이 귀를 찔렀다. 하지만 그 순간만큼은 그녀에게 나의 역할과 임무를 알려주고 싶었다. 그렇지만 말이 떨어지지 않았다.

"그 선생님 때문에 우리 재인이가 불편해합니다. 모든 건 정말 담임 선생님을 봐서 참는 거예요. 이런 일이 절대 없었으면 좋겠네요. 제 말 그분께 전달해 주실 거라고 믿겠습니다."

2

그곳은 박 선생의 집이란 게 확인되었다. 정신이 퍼뜩 들었다. 조용히 이 집을 나갈까. 간밤에 어떤 추태를 보였는지 알 수도 없었다. 나는 촉각을 세워 집안의 소리를 감지하려 애썼다. 냉장고 소리뿐이었다. 노크해서 인기척을 내볼까? 전전긍긍하고 있는 사이에 간밤의 시간 조각이 조금씩 맞춰졌다.

"내가 잘못했다고 생각해?"

"알아요. 선생님이 그럴 분 아니란 거."

153

박 선생은 소를 연상하게 할 만큼 큰 눈을 안경으로 가리고 있었다. 그는 내가 왜 그런 자리를 마련했는지 짐작하는 듯했다. 하지만 나는 그가 매사 매듭을 짓지 않고 어물어물 넘어가는 태도가 싫었다. 그게 자신의 공이든 실수든 허허 웃고 넘길 때마다 보는 나는 마음이 조마조마했다. 이번 일에서 그를 완전히 지지하지 못하는 이유도 그런 것과 같았다. 당사자에게 학부모의 말을 어떻게 전달해야 할지도 막막했다. 뜸을 들이며 서두를 어떻게 꺼내야 할지 망설이고 있을 때 박 선생이 또 입을 열었다.

"학부모가 나를 어떻게 하겠다고 하지?"

나는 그가 먼저 말을 떼어 다행이라고 생각하며, 어처구니없게도 한순간 그에게 고마운 마음마저 들었다.

"네, 그게 기분 나쁘게 듣지 마시고요. 선생님이 그런 것은 아니겠지만… 트집 잡고 궁지에 빠뜨릴려고 하니까…."

평소와 다르게 격앙되어 말하는 내게 그는 이렇다 할 변명도 하지 않았다.

"워낙 민감한 일이잖아요. 걔 어머니가 더 예민하게 받아들이는 거 같더라구요. 여학생들은 남학생들하고는 진짜 다르니까."

박 선생이 충혈된 눈으로 나를 쏘아봤다. 나는 그의 눈을 피하며 급히 술잔을 비웠다. 그의 눈빛이 나의 가슴을 쑤시는 듯 파고 들어왔다.

"여기 담배 하나 주세요."

눈길을 피하듯 나는 벌떡 일어나 주인을 불렀다. 주인이 무슨 담배를 원하냐고 물었다. 내가 담배를 찾는 줄 알자 박 선생이 허리를 굽히며 가방에서 무언가 꺼냈다. 뜯지도 않은 새 담배였다.

"난 오래전에 끊었지만, 이거라도 괜찮으면…"

그는 필요할 때가 있을 것 같아서 가지고 다닌다고 했다. 그는 그런 사람이었다.

"김 선생은 어떻게 생각해?"

"뭘요?"

나는 그가 무엇을 듣고 싶은 것인지 판단이 서지 않아 되물었다. 내게 질문을 던졌다는 것을 잊은 듯 그는 가만히 있다가 고추장이 묻은 나무젓가락으로 테이블보 위에 0과 1을 적었다.

"김 선생도 이과니까 알겠네. 적분 회전체의 부피를 구하는 식."

나는 그 뜬금없는 말에 어이가 없었다. 이 양반 또 뭔 헛소리지? 그래, 거북하겠지. 그렇다고 화제를 엉뚱하게 돌린다고 일이 해결되는 것은 아니지. 나는 박 선생의 태도에 속으로 또 화가 나기 시작했다. 그가 일의 심각성을 인지하지 못하는 듯했다.

"알다시피 수식이란 하나만 어긋나도 풀리지 않아."

그는 비닐 테이블보에 쓴 0과 1의 숫자를 나무젓가락으로 툭툭 건드리며, 이게 한 끗 차이지만 그로 인해 회전체 부피의 양이 정말 엄청나게 달라지는 거라고 설명했다. 나는 그의 말을 귓등으로 들었다. 왜냐하면, 지금 그가 한 말은 사람과 사람에게서 발생한 갈등 문제를 해결할 내용이 아니기 때문이었다. 나는 눈살을 찌푸리며 그의 말을 멈추게 했다.

"지금 0과 1의 문제가 중합니까?"

그가 당혹스러워하며 안경 너머로 큰 눈을 껌뻑였다. 나는 그의 눈에서 물이 뚬벙뚬벙 떨어지는 착각에 빠졌다.

"김 선생, 자네도 내 탓을 하는 게로군."

나는 그렇게 생각하지 않는다고, 무조건 당신을 이해한다고 말할 수는 없었다.

"그게, 생각에 따라서…"

박 선생이 잡고 있던 젓가락을 힘없이 내려놓았다.

"그냥 술이나 마십시다."

그러고 나서 그는 연거푸 잔을 비웠다. 할 말을 잃은 나도 마찬가지였다. 테이블에 빈 술병이 2병, 3병… 계속 늘어갔고, 여기 한 병 더, 라는 말만 드문드문 허공에서 겹쳤다.

거기까지 생각하니 백 개의 퍼즐 중 일부를 맞춘 듯했다. 목과 식도가 타들어 가고 버석거렸다. 정신을 차리기 위해 들숨을 크게 들이켜고 한참 숨을 참았다가 토해냈다. 목의 불편함으로 큼큼거릴 때마다 목젖이 좁은 숨구멍에 달라붙었다 떨어지는 것 같았다. 물을 마시기 위해 몸을 일으켜 냉장고 쪽으로 걸어갔다. 열어보니 먹다 만 생수병이 있었다. 염치불구하고 그것을 벌컥벌컥 말끔히 비워버렸다. 커다란 냉장고가 정말 초라했다. 살림살이하는 모양새가 느껴지지 않았다. 마음이 짠해졌다. 방문이 열리고 그곳에서 누군가가 나올 때까지 그냥 있자. 어떻게 여기까지 오게 되었는지 들어보고, 예의는 차리고 가야겠다고 생각했다.

그림 조각을 맞추려면 요령이 있어야 한다. 우선 바깥 테두리의 조각부터 끼워놓고 나서 안으로 들어가야 쉽다. 어제 우리는 거의 대화를 중단하고 술만 마셨다. 어느 순간부터는 서로의 술잔에 술을 채워주는 일조차 하지 않았다. 그도 나도 술만 먹었다. 그래, 떡이 되게 마셔보자, 죽기야 하겠어?

요의 때문에 의자에서 일어났다. 이상하리만큼 도로는 한산했다. 비틀거리며 멀찌감치 떨어진 가로수 뒤로 가서 오줌을 갈겼다. 그런 뒤에 조금 서 있었나? 문득 가로수가 바람에 흔들거려 어지러웠다. 흔들거리는 가로수가 안쓰러워서 그것을 안아줬다. 어이, 똑바로 서. 비실거리면 죽는 거야. 차렷, 열중 쉬엇, 차려-엇! 나는 가로수에 잔뜩 기합을 넣고는 포장마차로 돌아왔다.

내가 막 그리로 들어가는 순간 박 선생이 자리에서 일어나려다 중심을 잃고 비틀거렸다. 그 바람에 소주병이 요란한 소리를 내며 바닥에 부딪히고 깨졌다. 아이고, 손님들 죄송합니다. 나는 얼른 그를 부축해 안았다. 비틀거리며 움직이는 그는 차에 치인 고라니 꼴이었다. 헐떡거리던 짐승이 땅에 주저앉았다. 땅바닥에 주저앉은 그를 안으려고 허리를 굽혔다가 이번에는 나도 그 모양새가 되었다.

여기서 이러시면 안 됩니다. 주인이 애걸했다. 사람들이 눈살을 찌푸리며 급히 그곳을 떠났다. 흐릿한 기억으로 박 선생이 자신의 주머니 여기저기를 들쑤셔대며 지갑을 꺼냈던 것을 기억한다. 우리는 서로 의지한 채 힘들게 그곳을 나왔다. 그곳에서 얼마 떨어지지 않은 곳, 빈 버스정류장 의자에 앉아 꽤 오랫동안 같이 어둠을 노려보고 있었던 것까지.

나는 몸이 말을 듣진 않았지만 그렇다고 의식을 다 놓지는 않았었다. 박 선생도 마찬가지였다. 한 번쯤 번갈아 가며 토하고 몸이 가라앉고 있는 중에도 대화는 분명했다. 김 선생, 진실과 사실의 차이가 무엇인지 아시오? 나는 고개를 흔들었다. 진실은 절대 만들어지는 것이 아니고, 사실은 필요할 때마다 만들어진다는 거야. 나는 화가 났다. 아니, 그런 식으로 말하지 말고 좀 알아듣기 쉽게 말해 봐요. 답답했다. 그런 그가 바보 같아 미칠 지경이었다. 취한 김에 나는 참지 못하고 그의 목덜미를 움켜쥐었다. 매사에 그러니까…. 거기까지 말하고 나서 손을 확 놓았는데, 박 선생은 입을 닫고 나를 바라보다가 고개를 푹 꺾었다. 차들의 불빛이 계속 둘의 얼굴을 쓸고 지나갔다. 버스가 몇 대 더 지나가더니 아예 끊어졌고 사람들의 왕래가 없는 빈 정류장에는 우리 둘만 남았다.

그날 재인은 보건실에서 청심환을 먹고 조금 안정을 취한 후 콜택시로 귀가했다는 사실까지 교장에게 보고해야 했다. 박 선생님도 계속 입을 열지 않은 상태라서요. 교장이 물을 때마다 진실은 계속 묻혔다. 소문만 무성했다. 보이는 게 다는 아니다. 하지만 본 것만 사실이다.

그때 교장실에서 대책회의를 했을 때도 마찬가지였다. 박 선생은, 믿어지지 않겠지만 눈앞에서 애들이 다 본 사실인데 자기 말이 무슨 의미가 있겠냐고 말한 뒤 계속 침묵했다. 아무것도 증명할 수 없었으므로 교장은 학생을 처벌해야 할지 교사를 징계해야 할지 결단을 내리지 못했다. 나는 그냥 그런 것을 따지는 자리를 벗어나고 싶었다. 불편한 진실을 만나면 그것은 불편함 때문이 아니라 저 깊숙이 꿈틀대며 똬리를 트는 불길한 과거 때문이었다. 군대, 그놈의 내무반 그리고 독사 같은 최 상병놈.

나는 철책선 바닥에 철퍼덕 드러누워 하늘을 바라봤다. 하늘에 떠 있는 수많은 별을 향해 삿대질까지 했다. 당신의 수하 하나가 저를 지긋지긋하게 괴롭힙니다. 어떻게 좀 해 보쇼. 내가 총을 쏘아버릴 수도 있다니까요. 내 소리에 놀랐는지 하늘의 별이 총총총, 쏟아져 내렸다. 이렇게 많은 별이 언제 떨어졌더라? 아, 그놈의 군대.

갑자기 정신이 번쩍 들었다. 벌떡 일어나 앉았다. 두 손으로 입을 틀어막으며 주위를 두리번거렸다. 박 선생은 앉은 자세 그대로 고개를 흔들어 대고 있었다. 아무도 없어서 다행이었다. 오싹 한기를 느끼며 몸이 떨려왔다. 누가 나를 염탐하고 있을지도 모른다고 생각하니 머리가 쭈뼛 섰다. 나는 양다리 속으로 머리를 깊숙이 감췄다. 몸뚱

어리가 내 방으로 순간이동이라도 해줬으면 좋겠다는 간절함이 만들었을까. 나는 가장 작게 공처럼 내 몸을 말았다. 이봐, 김 선생. 김, 선, 생….

논산훈련소에서 만난 정식이란 친구와 함께 철책선 가까운 곳에 자대배치를 받았다. 나는 3분대에 그는 1분대로 배치되었는데, 나의 선임병은 야한 농담을 잘하고 입이 걸었다. 늘 '씹'이라든가 '썅'이라든가 '개'라는 단어가 시작과 끝에서 대롱거렸다. 하지만 정식의 선임은 훨씬 질이 나빴다. 욕은 안 했지만, 눈이 마주치면 즉시 주먹을 휘두르고 송곳니를 드러내는 침팬지 같은 인물이었다.

철책을 지키기 위해 수시로 GP 근무를 했다. 본 부대의 한 달은 외박도 나갈 수 있고 외출도 가능해 선임의 눈에서 벗어나는 날도 있었다. 그런 날이면 정식은 제대 후에 무엇을 할 것인가 웃으며 내게 포부를 말하기도 하고, 가족에 대해 얘기도 했다. 좋아하는 여자친구에 대해 말할 때는 그리움을 담은 눈빛으로 수줍어했다. 나는 있지도 않은 여자친구를 만들어 허풍을 떨었다. 야, 키스만 했겠냐!

우리에게 군 생활은 감옥이었다. 정식의 몸은 성할 날이 없었다. 붉은 멍 자국이 옅어지기도 전에 그 위에 또 다른 상처가 생겼다. 나는 선임들의 눈치를 봐서 가능하면 GP로 나갔다. 때로는 정식과 같은 취급을 당할까 봐 겁이 나고 두렵기도 했다.

어느 날 근무를 마치고 돌아와 보니 정식이 양다리와 양팔을 벌리고 걸어 다녔다. 그날 밤, 이러다가 내가 여럿 죽이게 될 것 같다고, 막 잠들려고 하는 내게로 와서 정식이 웃으며 속삭였다. 농담이길 바랐다. 하지만 이틀 후, 정식은 GP로 근무를 나간 뒤 돌아오지 않았다. 함께 나간 선임을 향해 총구를 겨눴다는 말까지 들렸다. 하지만 그는 방아쇠를 당기는 대신 어둠 속으로 사라져 버렸다. 며칠 후 캐비닛에서 정식의 관물들이 빠져나가고 그 자리에 눈매가 날렵한 후임이 자리 잡았다. 군 취조관이 분대원 한 명씩 불러 조사를 했다. 나는 그전에 선임들에게 불려가 입 잘못 놀리면 제대하기 힘들 것이고, 제대해도 살기 힘들 거라는 겁박을 들었다. 사람의 탈을 쓴 그들이 무서웠다.

정식아, 그렇게 갈 바에는 녀석들의 대갈통에 총구멍을 내고 가야 했던 거 아니냐? 바보같이. 복수도 못하고, 왜 그랬어. 정식을 원망하는 내가 너무도 한심해서 비참하기까지 했다. 선임들이 조금 순해진 만큼 내가 조금 사나워지긴 했지만, 그런 것으로 정식의 죽음을 되돌릴 수는 없었다.

3

“우리도 깜짝 놀랐어요.”

면담에 참여한 학생들 모두 그때의 상황에 대해 말했다. 일이 갑자기 벌어졌다는 것이었다.

수학 수업이 끝나자 재인이 칠판을 지우고 있는 박 선생에게 다가

갔다.

"재인이는 수업 끝나면 선생님들한테 질문을 잘 하거든요."

그래서 처음에는 주변 학생들이 그들의 대화에 별로 관심을 두지 않았다. 둘 사이에서 수행평가 점수 어쩌고, 하는 말이 들리자 학생들은 하나둘 그들을 향해 시선을 던지게 되었다.

"어제 말씀드렸었는데, 제 수행평가 확인해 보셨나요?"

재인이 말했다.

칠판을 닦던 박 선생이 당황해서 잠깐 돌아보았고, 둘의 대화 내용으로 봐서는 수행평가 문제에 대해 재인이 이미 박 선생에게 뭔가를 따진 듯했다.

"선생님, 지금 다시 확인해 주세요."

재인이 당돌하게 박 선생에게 쏘아붙이는 목소리로 말했다. 박 선생은 도수 높은 안경이 무거운 듯 콧잔등으로 안경을 밀어 올렸다. 교실 안은 두 사람의 팽팽한 감정 끈이 공간을 가득 채웠다.

박 선생의 어투는 재인을 더 당돌하게 만들었다.

"허헛, 확인해 보나마나야."

"저는 선생님의 판단이 잘못되었다고 생각합니다."

"뭐라고?"

아무리 마음 좋은 선생일지라도 당신이 틀렸다고 대드는 학생을 그저 허허 웃음으로 뭉갤 수는 없는 노릇이었다. 더구나 남교사들에게는 콧소리를 내며 이득을 챙겨오던 재인이 차갑게 '합니다'라는 말투까지 썼다. '합니다'라는 말투만으로도 박 선생을 상당히 불안하게 만들었을 것이었다. 학생들은 어린 하이에나가 어떻게 사냥감을 굴복시키는지를 보려고 잔뜩 기대를 모았다. 그들은 두 사람의 줄다리기가 어느 쪽으로 당겨지느냐에 따라 또 다른 상황이 전개될 것을 알고 있었기에 의미심장한 표정들을 짓고 있었다.

"선생님은 갑자기 땀을 흘리며 콧등 아래로 흘러내린 안경을 연거푸 올리시면서… 더듬거리셨다구요." 아이들은 하나같이 그렇게 말했다.

"자네가 이의 제기한 답 말이야. 논리가 타당하지 않았어. 내가 수없이 말했지만, 수학이란 과목은 어느 한 부분이라도 틀리면 답을 구할 수 없어. 아직도 모르겠나?"

"알아요. 하지만 그건 실수였어요. 겨우 숫자 하나 빗나간 건데."

재인은 목소리를 한껏 낮춰 분노를 억누르고 있음을 나타냈다. 수행평가 결과가 잘못된 것이라고 말하는 재인의 표정이나 태도는 당돌하다 못해 무례했다. 둘을 흥미롭게 바라보던 학생들은 성적에 대한 재인의 그릇된 집착이 선생님을 무시하게 된 것으로 알고, 재인을 향해 약간 야유 비슷하게 우, 소리를 내며 웅성거리기 시작했다.

"수행평가는 결과보다는 과정을 보고 가능성을 판단하는 거 아닌가요? 저는 이 점수 인정할 수 없어요."

아이들을 한 바퀴 둘러본 뒤 그 목소리는 더 낮고 단호해졌다. 한마디 한 마디 입술로 배어 나오는 소리는 절대 물러서지 않겠다는 고

집이 배어 있었다.

"나도 자네 능력을 믿네만 평가라서 어쩔 수 없네. 남들도 항의하겠다고 오면 어쩌겠나? 자넨 인정해주고, 남들은 인정하지 말까? 어떤 이유를 대도 결과는 마찬가지야. 그만하게."

박 선생은 단호히 말을 끊고 재인을 쳐다봤다. 학생들은 두 사람의 대화에 신경을 쓰려고 쉬는 시간을 통째로 놓칠 수는 없었다. 떠드는 학생, 엎드려 자는 학생, 공부하는 학생, 옆 친구와 이야기하는 학생. 그 속에서 둘이 하는 이야기를 들은 내용이 여러 진술 가운데 점점 산만해졌다.

말수가 적은 박 선생은 최대한 재인의 마음을 위로하기 위해 감정을 누르며 같은 말을 반복했다. 그러나 재인은 평가 결과에 대해 도저히 인정할 수 없다며 박 선생이 교실을 빠져나갈 수 없게 계속 앞을 가로막고 서 있었다.

새로운 수업 시작종이 울리자 복도에서의 소음이 갑자기 줄어들고 학생들은 각자 자리를 찾아가 앉을 즈음이었다. 앞을 막아서고 있던 재인의 어깨가 분노로 들썩거렸다. 박 선생은 그래도 학생을 다독여주어야 한다고 생각했던 것 같았다. 그렇게 실망하지 마라. 선생의 손이 재인의 어깨를 향해 다가갔다. 그때 찰싹, 소리가 나고 동시에 날카로운 목소리가 교실을 찢었다.

"야!"

재인의 목소리가 확실했다. 소리를 좇아가니 굵은 알이 박힌 박 선생의 안경테가 한쪽 귀를 벗어나 코끝에 얹혀 있었다. 재인은 자신의 생활복 가슴께를 움켜잡은 채 앞을 독하게 노려보고 있었다. 한동안 침묵이 흘렀다. 교실에 있는 누구도 말을 하거나 움직이지 않았다. 그때 수업하기 위해 교실로 들어오던 영문법 선생이 그 장면을 보고 얼른 재인을 데리고 보건실로 갔다.

여기까지가 학급 아이들이 말한 사실이었다.

4

정신이 바짝 들도록 냉수 한 컵을 다 들이켜고 나서 화장실로 들어갔다. 그때 밖에서 번호키 누르는 소리가 들리고 띠리릭 하며 현관이 열리는 소리가 났다.

"일어났군, 젊은 사람이 어떻게 나보다 술이 더 약한가. 자네 떠메고 오느라 허리가 절단났네. 자, 어서 와서 아침이나 들지. 아니지 점심이군."

포장된 황태콩나물해장국과 밥과 깍두기를 식탁 위에 올려놓으며 박 선생이 인심 후한 표정으로 말했다.

"김 선생, 밥도 좀 뜨지. 한국 사람은 뭐니 뭐니 해도 밥이 들어가야 기운을 쓰거든. 난 영락없는 한국인이야, 밥이 제일 좋아."

소탈하게 웃는 박 선생을 보며, 미안한 마음에 해장국에 밥을 덤벙 말았다. 어려서 밥을 빨리 안 먹으면 어머니는 밥에 국을 말든지 국이 없으면 물을 부어 말아주고는 빨리 먹기를 재촉했다. 나는 국이

165

나 물, 동치미 물에 말은 밥을 반찬 없이 푹푹 떠먹었다. 그러면 신기하게도 밥이 목구멍으로 술술 넘어갔다. 나는 커서도 거의 식사 때마다 밥 말아 먹는다고 해야 할지 국 말아 먹는다고 해야 할지 모르지만, 습관처럼 말아 먹었다. 학교에서 급식하면서부터 국에 밥을 말아 먹는 일 없이, 늘 밥 따로 국 따로 먹게 되었다.

박 선생은 플라스틱 컵에 커피를 탔다. 커피믹스 비닐봉지로 휘휘 저었다. 드립커피가 없어서 미안하다고 싱겁게 웃었다. 나는 컵을 들어 보이며 웃었다. 욕실에서 본 양치 컵의 색상과 그려진 캐릭터만 다를 뿐 함께 사들인 듯 동일 상품처럼 보였다. 내 속내를 알았는지 그가 웃으며 말했다.

"어머니가 그릇을 잘 놓쳐요. 다치실까 봐 떨어뜨려도 깨지지 않는 것들로 바꿨지."

나는 깜짝 놀라서 어머니와 함께 사냐고 물었다. 인사부터 드려야 하지 않냐고. 그가 고개를 흔들었다. 궁금했지만 더 묻지 않았다. 그가 굳이 말하고 싶어 하지 않는 것을 난처하게 설명을 강요하고 싶지 않았다. 우리는 또 어색해졌다. 커피 마시는 소리가 후루룩 들렸다. 플라스틱 소재라 그런지 커피가 빨리 식었다.

"치매가 심해져서…, 지금은 요양원에 계셔."

치매라는 말에 나도 모르게 아, 소리가 목구멍에서 비어져 나왔다. 주방을 유심히 보니 식기들이 스테인리스나 플라스틱 소재들뿐이었다. 이런 상황에서는 상대에게 위로의 말을 건네야 한다는 정도의 예의는 알지만, 그저 뻔한 상투적인 걱정이나 위로의 말은 하고 싶지 않았다. 나는 우물우물 많이 힘드셨겠다고 말했다.

"허허, 참. 아니, 내가 도리어 어머니를 힘들게 했지. 일찍 결혼이라도 해서 부엌일 하지 않게 해드렸어야 하는데, 그 소박한 소원을 못 들어 드렸지."

그는 웃으면서 자기는 사람 만나는 것이 가장 힘들다고 말했다. 그의 웃는 얼굴에서 서글픔이 느껴졌다.

언젠가 학교에서 단합 겸 가볍게 산행하자고 제안한 적이 있었다. 참석 여부를 묻는 회람이 돌았다. 모두 동그라미를 그렸는데 박 선생만 공란으로 비어 있었다. 주선자가 그에게 주말에 참석 여부를 물었다. 그는 우물거렸다. 주선자가 주말에 일이 있냐고 묻자, 그는 미안해하며 고개를 끄덕였다. 나중에 산행하며 어느 누군가 박 선생에 대한 이야기를 꺼냈다. 내가 아는 선배님이 그러는데, 박 샘은요, 학교 다닐 때도 수학 문제 푸는 걸 제일 재밌어했대요. 쉬는 날에도 빈 강의실에 나와 혼자 문제를 풀며 놀았다고. 박 선생은 그런 사람이었다.

박 선생의 집에서 커피까지 마시고 돌아온 나는 주말 내내 스포츠 중계가 아니면 유튜브에 돌아다니는 영화를 보며 복잡한 마음을 달랬다.

5

재인은 끝내 학교에 나오지 않았다. 이렇게 결석하면 그 처리는 어떻게 되는 거냐고 교장이 직접 물었다. 나는 재인과 면담을 한 후에 결정할 수 있는 게 아니냐고 말했다.

"김 선생, 일을 크게 벌이지 맙시다. 재인이가 많이 힘들어 한다는데…. 나도 재인이 어머니 눈치만 보고 있어요."

사건에 대한 핵심적 정보가 없는 상태였다. 다들 눈으로 보았다고는 하지만 그런 정보로는 섣불리 판단할 수 없는 심각한 사안이었다. 교장은 잘못하다가 불똥이 자신에게 튈까 봐 노심초사했다.

"김 선생, 어떻게 일은 잘 해결되고 있나? 교육청에 보고해야 하지 않을까? 이거 학교에서 쉬쉬하다가 소문이라도 나면 큰일 나는 거 아닌가? 김 선생, 김 선생!"

교장은 연신 나를 찾으며 안달을 냈다. 나도 수업이 빌 때마다 학생들을 불러서 다시 조사를 했다. 나는 다면체에 부딪혀 나오는 빛의 스펙트럼을 관찰하듯이 학생들의 시선과 동선, 위치에 따라 보이고 느껴지는 정도의 차이 등을 분석했다. 학생들도 반복되는 질문에 사건을 객관화했고, 처음과는 다른 정보들을 털어냈다.

화가 난 애를 만지려고 했으니까요…. 어딜? 그건 모르죠.

나는 재인과 연락을 취하려고 노력했다. 재인은 아무리 달래도 전화를 받지 않았다. 문자도 보지 않았다. 보낸 문자들 옆에 쓰여있는 숫자 1이 지워지지 않았다. 재인의 어머니에게 전화를 했다.

"재인이가 전화를 받지 않습니다. 이러면 서로 곤란합니다. 무작정 학교를 안 나오면 미인정 결석 처리를 할 수밖에 없고요. 우선은 현장체험학습이나 가정학습을 신청해 볼까 합니다. 신청서는 학교 홈페이지에 있지만, 작성해서 결재도 받아야 하니까, 재인이도 볼 겸해서 퇴근 후에 방문하도록 하겠습니다."

나는 신청서를 빌미로 재인을 만나볼 요량으로 가정방문을 가겠다고 요청했다. C 아파트 412동 3501호로 가면 되냐고 하자, 그녀는 다른 주소를 알려주었다.

아파트 단지를 조금 벗어나자 3, 4층으로 조성된 비슷비슷한 건물들이 드러났다. 그녀가 알려준 주소로 찾아가니 1층에 개업한 지 얼마 안 된 듯, 대형 극락조화와 행운목이 핑크색 리본을 달고 입구를 지키고 있었다. 리본에 담겨있는 카페 이름이 묘했다. '스페로 스페라' 그 말은 내가 알고 있는 라틴어 문장인데, '숨 쉬는 한 희망이 있다'는 뜻이었다.

테이블을 향해 쏘아진 조명과 스테인리스로 된 카운터가 빛을 발하고 있어서 실내는 어두웠지만 음침한 느낌은 아니었다. 한쪽 벽면에는 원목으로 된 장식장이 와인병으로 채워져 있었다. 장식의 멋들어짐이 주인의 안목을 한껏 돋보이게 했다. 카페 안은 고급스러움으로 넘쳐났다. 카운터 의자에서 그녀가 일어났다. 그녀의 옆, 목이 긴 의자에 나도 앉았다. 진열장 유리에 비친 내 모습이 어색했다. 진열장 유리를 통해 그녀를 바라보았다. 교장실에서의 도도한 태도와는 사뭇 달라서 당혹스럽기까지 했다.

"제가 하는 곳이에요. 재인이가 힘들어하는 것은… 아마 저 때문일 거예요. 이런 일을 하니까…. 재인이가 힘든 만큼… 날카로워졌겠죠. 죄송합니다… 서로 감당하고 이겨내야 하니까."

그녀는 말과 말 사이에 거리를 두어가며 어렵게 말을 이었다.

지난겨울에 이혼했다고 했다. 나는 이혼 가정을 알 것 같았다. 나도 한때 그 지옥을 향해 달려가던 시간이 있었다. 차라리 그냥 남남으로 정리되었다면 시원했을까. 고등학교 동창 예희를 만난 후 벌인 한 번의 외도를 가지고 아내가 그렇게 반발한 것은 표면적으로는 그렇다치고 다른 이유가 있었다고 나는 생각했다. 가정이란 테두리에 갇혀 더 하고 싶은 공부를 포기한 때문이 아니었을까.

"재인이가 변함없이 잘 웃고 공부도 잘하고 해서 괜찮은 줄 알았어요. 톱을 못 하면 외국엔 절대 보내지 않겠다고 했거든요."

그녀가 두 손으로 얼굴을 감쌌다. 나는 당황스러웠다. 그녀의 어깨가 들썩였다. 이럴 때 위로할 말을 너무 몰랐다. 난 잘못을 저지른 소년 같은 모습으로 우두커니 앉아 있었다. 가슴이 답답했다. 가슴은 어떤 위로의 말들을 밀어 올리고 있는데, 머리에서 위로의 말들을 꾹꾹 눌렀다. 결이 다른 말들은 목구멍에서 충돌해 서로 싸움을 벌였다. 나는 헛기침으로 그들을 목구멍에서 몰아냈다. 그리고 그녀의 울음이 멎을 때까지 잠잠히 기다렸다.

"우리 재인이가 많이 아파요, 선생님. 병원에서 그러더라고요, 방치하면 안 된다고…."

"제가 도울 일이라도…."

"걔가 말을 안 하니까, 몰랐어요. 내가 엄만데, 참 한심하죠."

나는 그녀가 말을 끊을 때마다 겨우 할 줄 아는 말이라고는 아, 라든가 네, 라든가 하는 추임새와 같은 말들을 보내는 것뿐이었다. 번듯한 위로의 말도 못 하는 내가 그녀보다 더 한심하게 여겨졌다.

그녀는 재인의 상태를 조심스레 말했다. 감수성이 예민한 시기에 심한 스트레스를 겪게 되어 충동조절장애가 생긴 것 같다고. 그리고 제 아버지가 사는 이 나라를 싫어하고, 남자에 대해 공격성을 보이거나 혐오감을 드러내는 것이라고.

그녀는 한참 울었다. 나는 또 그녀가 울음을 그칠 때까지 잠자코 기다렸다.

"그리고 무엇보다 먼저 박 선생님께 사과드리려고요. 재인이가 박 선생님을 직접 뵙고 사죄드려야 하는데…, 면목이 없습니다."

6

가끔은 그러지 말아야지 허둥거리면서도 용기를 내지 못하는 때가 있다. 내 성격의 가장 큰 약점은 겁이 많고 우유부단하다는 것이었다. 예희와 일이 있었던 때처럼 나는 늘 일이 벌어진 다음에 후회했다. 아내의 질투를 묵살하고, 예희에게 사귀자고 했어야 했을까? 예희는 벌써부터 연락을 끊었다. 만약에 GP에서 조사 나온 검사관에게 모든 사실을 말했더라면 어땠을까? 아내가 한동안 외국에 나가 있겠다고 했을 때, 나는 어떤 여자에게도 다른 마음이 전혀 없다고 확실하게 말했다면? 아내에게 가지 말라고 붙잡았으면 또 어땠을까? 일찍 재인을 찾아가 상황을 파악했다면 어땠을까? 그날 술집에서 박 선생에게 우유부단하고 말랑하게 굴지 말라고 화를 내는 대신 정말로 그의 아픔을 이해했다면 어땠을까?

박 선생은 며칠 후, 재인의 얼굴을 보면서 사과를 받은 건 아니지만 아이한테서 직접 전화를 받았다고 했다. 만나서 사죄드리고 싶다고 했지만 박 선생이 괜찮다는 말로 만류했다고 했다. 그리고 재인이 빨리 나아 학교로 돌아오기를 바란다고 위로했다고.

박 선생은 그 일이 생기고 나서 꼭 두 달 만에 사표를 썼다. 문제가 다 해결되었고, 교사가 잘못한 것이 하나도 없는데 왜 학교를 그만두려 하냐고 학교 측에서 극구 말렸다. 하지만 그는 평소답지 않게 단호했다.

퇴근길에 만난 박 선생은 내게 학교를 떠나는 것이 그 일 때문이 아니라고 말했다. 그동안 어머니를 보살필 수 없어서 요양원에 보내고는 너무 힘들었다고. 그의 특별한 효심이 문제였다.

"지금 내가 모시지 않으면 견디기 어려울 거야. 이참에 고향 땅을 좀 사려고 해. 나 공부시키느라 팔았던 것을 퇴직금으로 되찾을 거지만 말이야. 더 늦기 전에 효도하려고. 나중에 시간 내서 놀러와 주게."

그의 어머니는 아들과 함께 고향에 가기로 했다고 싱글벙글 입을 다물지 못할 정도로 행복해하신다고 했다. 고향에는 일가친척도 많아서 어머니 병이 좋아질지도 모르거든. 그는 순하게 웃었다.

중요하지 않은 일로 시간이 바삐 흘러갔다. 코로나 상황은 조금 누그러졌다. 우리는 감염을 핑계 삼아 송별식도 하지 않은 채로 박 선생을 보냈고, 그의 빈 자리를 젊은 기간제 교사인 P로 채웠다.

어느 날 교무실 한쪽 구석에 있는 개수대에서 컵을 씻다가 문득 창밖 화단이 눈에 들어왔다. 그곳에는 언제 피었는지 상사화 몇 그루가 나란히 피어 있었다. 그때가 식목일 즈음이었나. 봄에, 그가 거기에서 꼼지락거리고 있던 기억이 되살아났다. 그 모습이 하도 심상해 보여 자세히 바라보았었다. 그는 검정비닐에서 무언가를 꺼내 땅속에 심었다. 그것을 본 내가 창가에서 그를 향해 큰소리로 물었다.

"박 선생님, 뭐하십니까? 뭐 심으세요?"

박 선생은 햇빛에 눈이 부신 듯 미간을 찡그리며 별거 아니라고 웃으며 말했다.

"나중에 꽃이 피면 알아."

그때 심은 것이 곧게 대공을 올리고 꽃을 피운 것이었다. 상사화. 붉디붉은 꽃떨기를 보는데 눈자위가 붉어졌다. 참 예쁘다. 이번 주엔 아내와 통화할까? 부부끼리는 오해가 별거 아녀야 하는 거지. 그러고 보니, 아내와 통화한 지도 까마득하다는 생각이 들었다. 장인의 건강도 궁금해졌다.

나비춤

강변길로 돌아오는데
길 한쪽에 코스모스가 즐비하게 피어 있었다.
그때도 코스모스가 저렇게 피었었지.

나비춤

너는 창밖을 내다보다 진저리치듯 몸을 털며 창문을 닫았다. 장마 아니랄까 봐, 하늘이 뚫린 것 같네.

엄마를 위해 데려온 간병인 신 씨가 네 쪽을 살피더니 걸쭉하게 말을 받았다. 그러게요, 칠월 장마는 꾸어서 해도 한다는데 정말, 웬 놈의 비가 저리 지겹게 오나 모르겠네요.

거기까지만 말했으면 좋았을 텐데 눈치 없는 신 씨는, '젠장'이란 말 한마디를 더해서 너의 속을 긁어 놓았다. 젠장? 그 말은 문득 된장이라는 말처럼 들리기도 했고 특히 된장은 네가 싫어하는 말이기도 했다. 일전에 엄마가, '네가 끓여주는 아욱국이나 한번 먹어봤으면 좋겠다' 해서 이모한테 된장을 얻어놓은 게 있었다. 그런데 막상 냉장고에서 그것을 꺼내 냄비에 한 수저를 넣었는데 거기서 구더기가 나왔다. 웩! 너는 냄비에 있는 모든 내용물을 통째로 개수대에 쏟아버렸다. 이모, 된장 나 다신 안 먹어. 조금 후 너는 이모에게 그렇게 전화를 하고 끊었다. 다음날 이모가 찾아와서 쓸데없는 소리 하지 말고 밥이나 잘 먹으라며 아예 한 통을 주고 갔다. 그놈의 된장을 신 씨가 '젠장'으로 끄집어내고 있으니 심통이 날밖에.

너는 일부러 창문과 멀리 떨어져 앉아 신 씨를 바라보았다. 그녀는 부지런했지만, 끊임없이 주변을 참견하고 주절거렸다. 그녀의 입에서 나오는 세상은 알 만도 한데 뭐가 그리 가득 들어있는지 못마땅한 뒷말을 늘 불만으로 끼워 넣었다.

어디 한 군데 확 쓸어버리고 나서 비가 그치려나.

걱정하는 소리겠지만 확 쓸어버린다는 말 때문에 엄마가 '저 분 입조심 해야겠네' 하고 중얼거렸다. 때마침 진아가 병실로 들어서지 않았다면 아마도 눈을 감고 있던 엄마의 그녀에 대한 날선 지청구가 그곳을 가시방석으로 만들었을 것이었다.

아이구, 오셨구만. 비 땜시 운전하기 힘들었을 텐디.

가족보다 유독 반갑게 맞이하는 신 씨의 말에 진아는 응답하지 않고 네게로 다가왔다. 엄마는 좀 어떠시니? 눈빛으로 말하는 진아를 향해 너는 쉿 조용히 하라고 검지손가락을 입술에 곧추세웠다. 엄마는 잠든 사람처럼 눈을 감고 있었다.

아침부터 기다리셨어.

너는 낮은 톤으로 진아의 귀에 대고 말했다. 굳이 전달해 주지 않아도 될 말인 것을 아는지 진아는 침대로 가까이 가 엄마의 팔에 주렁주렁 매달린 링거 줄을 살피면서 말했다.

저 왔어요.

엄마는 대답하지 않았다. 분명 자고 있지 않았다. 그런 태도가 진아를 얼마나 무안하게 만들까. 엄마는 진아에게 서운한 마음을 표현하려고 일부러 그렇게 하고 있다는 것까지 너는 알고 있었다. 네가 알고 있는 엄마는 따뜻한 사람이지 결코 지금처럼 차가운 사람은 아니니까. 너는 짐작했다. 병실을 드나드는 사람들의 발소리에서, 치마 스치는 소리에서, 땀 냄새나 웅얼거림에서 번지는 그 긴장감의 농도 말이다. 4인 병실에서 엄마는 척추를 수술한 상태로 누워 있고, 한 사람은 회전근개가 손상되어 잔뜩 얼굴을 찌푸린 채 신음하고 있고, 나머지 둘은 경추에 이상이 생겨 찾아온 사람이었다.

간호사 선생님이 가족 둘이 병실에 있는 건 안된댔는디.

신 씨가 말을 전하자 너는 침대 모서리에 벗어두었던 샌들을 꺼내 신었다. 진아를 병실에 남겨두고 볼일을 보고 와야겠다고 생각했다. 그때 신발 앞부리로 삐져나온 다섯 발가락 중에 유난히 엄지발가락이 눈에 들어왔다. 낯선 발톱은 어제 붉은 매니큐어 칠을 했었다. 너는 보통 더운 여름에도 양말을 신었다. 하지만 시원하게 뚫린 샌들이나 슬리퍼를 신을 때는 양말을 벗고 싶기도 했다. 그러고 보니 네 기억으로 내려다본 맨발이 낯선 것은 당연하겠지. 너는 주로 청바지에 굽 낮은 로퍼를 신고 다녔다. 그래서 오늘처럼 훤히 드러나는 발가락을 보니 낯설고 어색했다. 너는 발가락을 살피고 나서 한동안 손을 쥐었다 피기를 반복했다.

엄마는 어릴 적부터 너의 그 손에 대해 이따금씩 뭐라 한마디씩 했다. '여자 손이 저래서… 하긴 내 것이랑 너무 닮았어.' 했는데 그 말속에는 사실 어떤 걱정이나 서운함도 깃들어 있지 않았다. 가족이니까 손가락 발가락이 닮은 게 당연한 거 아냐? 너는 그 말을 할 때마다 언니인 진아를 바라보았다.

엄마 곁에 좀 있어. 나 볼일 좀 보고 올게.

그래라.

진아가 어서 가라고 손짓을 했다.

네가 초등학교에 입학한 지 얼마 안 되었을 때였다. 어느 날 하교 후 거실의 테이블에 앉아 혼자 텔레비전을 보고 있을 때 엄마가 한 여자애와 집으로 들어왔다. 엄마는 집 근처 상가에서 옷가게를 하고 있었는데, 밥때가 되면 딸의 끼니를 위해서 가게 문을 닫았다. 평소 같으면 저녁이 되어야 돌아오는 엄마였다. 언니랑 놀고 있어. 엄마는 그 말을 남기고 다시 집을 나갔다

너는 해가 뉘엿뉘엿 넘어가며 석양이 베란다를 넘어 거실 깊이 들어와 웅크린 한 여자애의 등에 붉게 내려앉아 있는 햇살을 보고 있었다. 움직임을 멈추고 가만히 앉아있는 낯선 여자애의 조용한 태도가 너무 신기했다. 조금 후 찬거리를 들고 들어온 엄마가 분주히 손을 움직였다. 달콤 구수하고 매콤 짭조름한 저녁 냄새들이 방안을 맴돌았다. 콧속을 간질이며 좋은 냄새가 공간을 가득 메웠다. 너는 몽롱

하게 취해 끔벅끔벅 눈이 감겨왔다. 엄마는 보기 좋게 식탁을 완성해 놓고 일곱 살짜리 여자애인 너와 처음 보는 여자애 진아를 그 앞에 앉혔다.

우리는 가족이야. 이 애는 너보다 한 살 어린 동생이고….

엄마는 여자애에게 말했고 그 애는 고분고분한 표정으로 고개를 끄덕거렸다. 너는 기분이 좋아졌다. 그 말의 의미가 무엇인지도 잘 모르면서 얘랑 같이 살게 되었나 보다, 그냥 생각했다. 그날 네가 숙제를 하는 동안 진아는 곁에서 네가 쓰던 이 빠진 색연필을 조심스럽게 만지작거렸다. 너는 동화책을 앞에 놓고 사부작사부작 나비 그림을 그렸다. 몸을 움직일 때마다 너의 겨드랑이 사이에서 자란 나비들이 일렁일렁 춤을 추었다. 어느덧 나비는 노란색에서 붉은 주황색으로 변하여 날아갈 듯 종이 위에서 너울거렸다. 그 애는 뚫어져라 나비를 바라보고 있는데, 순간 그림에서 나비가 정말 날아올랐다. 너는 깜짝 놀라 하늘로 날아오르는 나비를 잡으려고 손을 주억거렸다. 그게 언니 진아가 가족이 된 첫날의 기억이었다.

그 후 너를 향한 어머니의 태도가 달라지는 것을 느꼈다. 다섯 손가락 깨물어서 안 아픈 손가락이 없다고들 말하지만, 어머니에게 너는 안 아픈 손가락이었다. '진아'라고 하는 남의 손가락 때문이라는 것을 나중에 알았다. 크면서 점점 진아에 대한 미움의 감정이 너를 구속했다. 너는 한 번도 진아를 언니라고 부르지 않았으니까. 그러나 엄마는 너에게 말할 때는 이름을 부르지 않고 늘 언니라는 호칭을 썼다. 너에게 각인시키려는 듯이 일부러 그러는 것 같았다. 언니 학교에서 왔니? 언니 밥 먹으라고 해라, 언니 공부하는데 과일 좀 가져다 줘라.

폭우가 쏟아지는 오늘도 엄마는 언니를 데려오라고 억지를 부렸다. 언니의 병문안이 뭐가 특별한지 모르지만, 엄마는 우겼다. 기다리던 그녀가 왔는데도 엄마는 그녀의 얼굴을 외면한 채 잠든 사람처럼 눈을 감고 있었다. 너는 45도 각도로 엄마의 침대를 세웠다. 엄마는 어쩔 수 없이 코앞에 있는 너와 눈을 마주치게 되었다. 그게 뭐냐, 빨간 매니큐어를 칠한 발톱이, 생기다 만 것. 늘 듣는 타박인데 오늘따라 엄마의 말이 너의 가슴을 아프게 찔렀다. 뻔히 들여다보이건만 엄마는 그녀에게 서운한 마음을 들키지 않으려고 안간힘 쓰는 모습이 안타까웠다. 너는 그녀에게 화풀이하듯 퉁명스럽게 앉으라고 권했다.

진아는 보호자용 의자가 놓여있는데도 굳이 옆 환자의 반대편 침대 옆에 있는 의자를 끌어다가 앉았다.

아이고, 힘들다. 오느라 힘들었지.

좀 어떠세요?

그녀는 짐짓 건조한 음성으로 엄마의 건강에 대해 말을 툭 던졌다. 그녀의 음색에서 서운함을 느꼈는지 엄마는 엄살 섞인 한숨으로 말문을 열었다.

수술하면 금방 뜀박질이라도 할 것 같았는데, 이게 뭔 고생인지 모르겠다. 괜히 한 거 같고, 앞으로가 중요하다고 하는데. 모르겠다, 모르겠어.

　엄마는 괜히 볼일 있어 나가야 한다는 너를 붙들고 언니 먹게 사과를 깎으라는 둥, 목마를 테니 음료수를 주라는 둥, 대단한 손님이라도 맞이하듯이 잔소리를 해댔다. 너는 무슨 손님이라도 되냐며 짜증을 냈지만, 사과를 깎기 시작했다. 그녀는 너의 눈치를 보며, 신경 쓰지 말고 어서 다녀오라며 네가 깎고 있는 사과가 놓인 쟁반을 잡아끌었다. 언니가 힘들게 왔는데 그깟 것이 뭐가 힘들다고 투덜거리냐는 엄마의 잔소리를 뒤로하고 큰 볼일이라도 있는 양 서둘러 병실을 나왔다.

　엄마에게서 벗어나고 싶은 마음에 병원을 나서기는 했지만, 어디를 가야겠다는 목적지가 떠오르지 않았다. 하늘에 구멍이라도 뚫린 것처럼 비는 세차게 내리는데, 너는 어디를 갈까? 하늘을 기웃거리며 생각을 끄집어내려 애썼다. 기껏 꺼내놓은 생각이 겨우 H에게 전화해 볼까였다. 아냐, 너는 쓸데없는 생각에 진저리치듯 머리를 흔들었다.

　수술은 잘 되었다고 하는데도 엄마는 의심이 많아서 그런지 타박이 여기저기 주렁주렁 끊임없이 이어졌다. 아침저녁으로 의사 얼굴만 보면 엄살을 부렸다. 너는 새삼 엄마가 이렇게도 약한 사람이었나 생각했다. 엄마는 겨우 허리디스크 수술을 받은 것뿐인데 죽을병이라도 걸린 사람처럼 엄살이 이만저만이 아니었다. 병원에 와서 보니 병원의 저녁은 일찍 찾아오고 아침은 더디게 왔다. 밤은 길고, 낮은 피곤하고 그래서 하루가 더 길게 느껴졌다.

그날도 저녁 식사 후에 엄마는 다리에 감각이 무뎌진 것 같다고 주물러 달라고 했다. 너는 무릎을 중심으로 위아래를 마치 태엽을 감아 움직이던 메트로놈처럼 일정한 속도로 움직였다. 엄마의 숨소리가 잦아들자 너는 동작을 서서히 멈췄다. 왜 이렇게 시원찮냐. 손아귀에 힘을 줘서 좀 꼭꼭 주물러야 치료가 되지. 너는 그 말에 포로록 화가 나서 쏘아붙였다. 나도 손 아파 죽겠어, 이만큼 주무르면 된 거야. 그래도 엄마는 삼십 분만 더 해달라고 명령하듯 요구했다. 의사가 그래야 빨리 낫는다고 했다며 병구완하려고 휴가 냈으면 간병에 성심을 다해야 하지 않겠냐고 당당하게 요구했다.

그러던 차에 한잔하자고 그에게서 문자가 왔다. 그렇지 않아도 엄마 때문에 너는 누구라도 붙잡고 스트레스를 풀고 싶었던 참에 홧김에 서방질한다고 그의 한잔하자는 카톡에 냉큼 '0ㅋ' 문자를 보냈다.

한잔하자던 그는 술만 따라 놓고 묵묵히 네 푸념만 들어주었다. 엄마한테 받은 스트레스를 어느 정도 풀었다고 생각하며 이제 그만 병원에 들어가 봐야겠다고 생각하고 있을 때였다. 그가 두서없이 물었다. 내가 너한테 어떤 의미야? 날 왜 만나는 건데? 주로 여자가 심드렁한 태도를 보이는 남자에게 던지는 막장 드라마에서나 들을 수 있는 멘트를 불식간에 네게 던졌다. 너는 뜬금없는 그의 물음에 순간 당황했다. 아마 너의 엄마 병문안 오겠다는 것을 오지 말라고 올 필요 없다고 한 말이 서운해서 그러는 건가 싶어서 변명을 늘어놓았다. 그는 너의 말에 가타부타 반응을 보이지 않고 너의 눈을 똑바로 쏘아보며 같은 질문을 반복했다.

너한테 어떤 의미야?

익숙한 남사친이지. 절친, 남절친.

그래 알았다.

너는 그의 표정을 쉽게 읽을 수 없었다. 너와의 관계를 명확하게 알게 해줘서 고맙다는 것인지, 그는 알 수 없는 미묘한 미소를 입가에 흘리며 무엇인가 말을 하려다 입을 다물어 버렸다. 병원 앞에서 너를 내려주며 그는 낯설게 네게 차창 문 너머로 악수를 청했다.

한 번도 뵙지는 못했지만, 어머니가 빨리 완쾌하시길 바랄게. 잘 지내라.

네가 오늘따라 참 이상스럽게 군다고 말하고 있는 도중에 그는 차창 문을 닫고 차 꽁지를 보이며 떠났다.

참, 그날따라 별스럽게 굴더니만 문자 하나 없네….

그와 알고 지낸 지는 햇수로 십 년이 넘었다. 대단지 아파트가 들어서며 전입 학생 수 증가로 그해 그 사립학교에 기간제 교사 여러 명이 채용되었다. 자격지심인지는 몰라도 기간제 교사들은 정교사들과 거리를 두고 그들만의 희로애락을 공유했다.

너는 칠전팔기까지는 아니지만 다섯 번의 임용고사를 치렀고, 포기하려고 할 때쯤 합격하여 공립학교에 발령받았다. 임용을 준비하는 동안 알량한 자존심 때문에 함께 기간제 교사로 알고 지내던 사람들과는 최소한의 소식만을 주고받았을 뿐이었다. 그 최소한의 소식 중에 H의 모바일 청첩장도 들어 있었다. 그리고 누군가의 주선으로 그때의 용사들이 한번 뭉쳐 융합교과 전문 학습공동체를 만들어보자고 띄운 번개모임에서 그를 다시 만났다. 뜻을 모으기 위해 단톡방도 개설하고 두서너 번의 모임이 더 있었던 것으로 기억되지만, 서로의 이해가 달라 배가 산으로 갈 것 같다는 생각에 너는 더 이상 그 모임에 참석하지 않았다.

어쨌든 그는 단톡방에서 1:1 채팅으로 갈아타며 너와 대화를 이어갔고, 결혼 삼 년 만에 성격이 맞지 않아 이혼하고 딸이 하나 있다는 것과 지금 일곱 살인 아이는 본가에서 자라고 있다는 것을 알게 되었다. 비혼주의인 너와 첫 결혼에 실패하고 아이가 클 때까지는 절대 재혼하지 않겠다고 한 그는, 서로의 필요에 따라 편하게 만나 밥도 먹고, 술도 마시며, 영화도 보고, 경치 좋은 곳에 놀러도 가면서 정보도 교환하는 남사친, 여사친의 관계라고 너는 생각했다. 그도 너와 같은 생각일 것이라고 단정하며 지내왔다.

볼일이 있다고 병원을 나서면서는 무의식중에 아마도 그를 염두에 두고 있었나 보다. 그런데 그날의 일을 떠올리니 도저히 그에게 전화할 명분을 찾기 힘들었다. 정해진 목적지가 없으니 차를 끌고 나서기도 애매했다. 서점이나 가야겠다고 생각하며 우산을 펴들고 세차게 퍼붓는 빗속으로 나갔다. 이런, 우산을 쓰나 마나 몇 발짝 걷지도 않았는데 무릎 밑이 흠뻑 젖었다. 다시 병원으로 돌아가자니 진아와 엄마의 시간을 방해하는 것 같아서 이러지도 저러지도 못하고 빗속에서 돌아서다 가다를 반복하다가 주차장으로 발길을 돌렸다. 그래 이참에 이모한테나 가보자. 너는 이모에게 차에 타면서 가는 중이라고 전화를 했다. 아고, 이 빗속에 웬일이야? 엄마는 어떡하고? 이모는 반색했다.

이모는 왜 결혼 안 해?

뭐?

아니, 그렇잖아. 이모 연애한다는 소문 한 번도 못 들었거든.

야, 이 나이에 연애를 소문내며 하는 사람이 등신이지. 결혼할 것도 아닌데 뭐하러 여기저기 흘리냐?

그럼 이모도 비혼주의야?

이모도라니 거기에 도가 왜 붙냐? 어감이 좀 그렇다.

이모는 너의 눈치를 대놓고 살폈다.

가희야, 결혼은 아무나 안 하는 게 아냐.

이모, 말이 좀 이상하네. 아무나 하는 게 아니라고 해야지, 무슨 아무나 안 하는 게 아니라고 말을 해? 이모야말로 어감이 좀 그렇네.

이모가 정색하며 말의 의도를 다시 짚었다. 이모의 말을 요약하면 한마디로 말해서 결혼은 정이 많고 남을 잘 이해할 줄 아는 사람이 해야 한다는 것이었다.

그럼 이모 같은 사람이 해야 하는 거네. 이모는 정도 많지, 다른 사람들 마음도 잘 이해하지. 자기를 희생 봉사하는 마음도 커서 아들 노릇 다 하고 있지. 이모야말로 딱 현모양처 감이지.

가희야, 이모는 희생 봉사가 아니라 귀찮아서 그냥 이러고 사는 거야. 결혼이라는 격식도 싫고, 사람 만나서 막 수다 떠는 것도 별로고, 남자 만나서 예쁘게 웃으며 가식 떨기도 싫고, 그러다 보니까 그냥 나 편한 대로 사는 거지. 이모 성격에 결혼했어 봐라 누구 못할 짓 시킬 일 있냐? 내가 귀차니즘이라서 남한테도 귀찮게 하기 싫은 거야. 내가 싫으면 당연히 남도 싫겠지 싶어서 말이야. 그런데 사람들은 서로 귀찮게 하는 게 사랑이라고 말들 하잖냐. 난 이해하기 힘들어.

이모는 말끝에 사람들을 도저히 이해할 수 없다고 머리를 도리도리 흔들었다. 너는 이모의 말에 공감한다는 의미로 크게 고개를 끄떡이며 맞아 맞아를 연발했다. 이모는 그녀의 비혼 사유를 네가 이해해줘서 무척 고마운 듯 좋아하며 신나서 이모의 인생철학을 주저리주저리 말했다. 너는 나도 나도를 연발하며 이모의 말에 맞장구쳤다.

이모는 엄마하고 성향이 전혀 달라, 그치? 엄마는 내가 봐도 참 답답해. 요즘 엄마 간병하다가 스트레스 얼마나 받는지 알아? 이러다 병 생길 거 같아.

참 시절 좋다. 나 때는 출산휴가도 겨우 한 달밖에 못 써서 교사들 얼굴 퉁퉁 부어서 출근했었는데 말이야. 가족 돌봄 휴직도 있고 참 좋다. 좋아. 그러게, 너는 휴직 쓸 날도 창창한 애가 뭐가 그렇게 걱정 돼서… 간병인 쓰면 좋을 걸, 간병한다고 덜컥 휴직계를 냈나? 너도 참, 사서 고생한다, 얘. 딸이 너뿐이니? 진아한테도 간병할 기회를 줘야지. 네가 병원에서 진을 치고 있으니 진아가 설 자리가 없잖아. 적당히 해.

남 말하고 계셔, 이모도 외할머니 편히 모신다고 명퇴했잖아. 외할머니 여기저기 다니고 싶은 곳 모시고 다니며 효도하겠다고.

내가 그랬나? 효도는 무슨 효도, 무릎 아프시다고 집 안에만 계시는 노모를 두고 꾸역꾸역 출근하는 게 좀 그렇더라. 연금에 명퇴 위로금에 금전적으로는 손해 볼 게 없다 싶어서 한 거지.

너도 휴직한 이유가 그랬다. 엄마가 수술이 불가피하다는 의사의 소견을 듣는 순간 너는 엄마 간병을 위해 휴직을 결심했다. 엄마는 네가 휴직계를 냈다고 하자, 쓸데없는 짓을 했다고 말은 하고 있지만 든든해하는 눈치였다.

엄마, 수술한다고 진아한테 전화는 했어?

안 했다. 남들 다하는 수술인데 뭘 전화까지 해. 얼마 전에 통화했었는데, 청탁받은 번역일이 힘든가 보더라. 괜히 나 수술한다고 말하지 마. 그렇지 않아도 혼자 지내는 게 늘 마음 쓰이는데….

엄마는 금방 코맹맹이가 되어 코를 훌쩍였다. 너는 개만 혼자 사는 거 아니라고 쏘아붙이고 싶은 걸 꾹 참았다. 엄마는 너를 흘겨보다가 체념하듯 눈에서 원망의 빛을 거두며 그때 네가 좀 참지, 그 가엾은 것이 오죽했으면 그랬겠니. 힘없이 말하고는 눈을 감아 버렸다.

너, 진아하고 무슨 일 있었지? 그 착한 애가 혼자 살겠다고 집을 나간 걸 보면 분명히 너와 무관하지 않을 거야. 이모한테 속 시원히 말해 봐.

너는 이모에게 눈을 흘기며 뾰루퉁하게 입을 앙다물었다. 이모는 시원하게 웃으며 알았다고 묻지 않겠다고 약속한 후에야 너의 웃음소리를 들을 수 있었다. 참, 그게 그렇다, 사람마다 팔자가 있나 보다, 하며 이모는 입을 열었다.

너의 아빠가 교통사고로 세상 떠나기 전에 외할머니가 어디서 점을 봤는데 네 아빠한테 자식이 둘이 보인다고 하더래. 외할머니는 어디서 이런 선무당이 다 있냐고 욕을 한 바가지하고는 복채도 도로 뺏어서 나왔다고 했다. 그런데 네 아빠 세상 뜨고 몇 달도 안 돼서 친할머니가 여자아이를 데리고 왔다.

네 할머니 정말 뻔뻔스럽지 않니? 어떻게 죽은 남편 애를 그것도 결혼 전에 다른 여자한테서 낳은 애를 키워달라고 하는 사람이 어딨니? 정말 막장 드라마 속에서나 볼 일이지. 그 여자가 애를 네 할머니 집 문 앞에 놓고 갔다지 않니. 재미교포하고 결혼하는데 아이를 데려갈 수 없다나 뭐라나. 참, 말이니 방귀니, 다 그 여자의 핑계였겠지. 더 어처구니없는 것은 말이야, 네 할머니야.

이모는 이제는 너도 알아야 하지 않겠냐며, 너의 엄마에게서 들은 이야기를 전했다. 아빠가 공무원 시험에 합격하고 기념으로 친구와 배낭여행을 갔다가 그만 실수를 하고 말았다. 흔히 말하는 원나잇을 한 거지. 그런데 어느 날 갑자기 여자한테서 연락이 왔는데, 딸이 있다고 하더래. 네 아빠도 마른하늘에 날벼락이었겠지.

이모, 아빠가 엄마한테 사실을 고백하지도 않고 결혼한 거야?

애, 생각을 해봐. 뭐 그런 일로, 결혼할 여자한테 파혼당할 일 있냐?

아니, 말도 안 돼. 그런 일이라니. 그런 일 때문에 아이가 생겼잖아. 인간으로서 어떻게 그럴 수 있어?

겨우 원나잇으로 아이가 생겼을 거라고 누가 생각이나 하겠어. 그냥 서로 즐기고 마는 거지. 그러니까 그 여자도 전화번호도 주고받지 않았겠지. 그리고 그 일은 네 엄마를 만나기 전이었고. 넌 요즘 애답지 않게 왜 이래? 네 아빠도 몰랐다잖아. 네가 어려서 몰라서 그렇지 네 아빠 그렇게 무책임한 사람 아니다. 딸이 있다는 걸 알고는 책임지려고 했다잖아.

책임?

너는 이모의 말을 중간에서 끊었다. 심장이 고장 난 듯이 요동쳤다. 악몽 속 끔찍한 편린을 소환해 냈다. 그것이 미세한 터럭일지라도 머릿속에 잔존해 있다면 뇌막을 박박 긁어내서라도 도려내고 싶은 기억이었다.

대학 2학년 6월. 월드컵 사상 첫 원정 16강 진출을 달성한 날, 너는 붉은 악마의 열기 속에 휩싸여 어깨동무하고 학교 캠퍼스를 누볐

다. 만나는 사람마다 얼싸안고 흥분을 공유했다. 그곳에 그가 있었다. 그는 후배들과 함께 경기를 응원하기 위해 때를 맞춰 휴가를 나왔다고 했다. 대형 스크린에 비친 상대 선수들처럼 구릿빛으로 번들거리는 그에게 너는 한눈에 매료되었다. 너는 선배의 손에 이끌려 동산 쪽으로 달렸다. 홀린 듯이 달빛에 비친 선배의 구릿빛 어깨에 얼굴을 묻고 그를 받아들였다. 그는 꼭 연락하겠다며 너의 전화번호가 적힌 쪽지를 포켓에 쑤셔 넣었다. 그 선배와는 그게 끝이었다. 너는 임신이 그렇게 쉽게 될 수 있다는 것에 경악했다. 수술비를 빨리 구해야 했다. 머릿속에는 온통 돈 구할 생각뿐이었다. 퍼뜩 엄마의 결혼반지가 생각났다. 아빠에게 아이가 있다는 얘기를 들은 날 이후 엄마는 반지를 작은 상자에 넣어 서랍에 방치했다. 아마 엄마는 결혼반지의 존재조차 까맣게 잊고 있을지도 모른다는 생각에 너는 대담해졌다. 그리고 MT가 있다고 거짓말을 하고는 예약 날짜에 맞춰 죄의식도 없이 낙태 수술을 했다. 알고자 한다면 충분히 그 선배에게 연락할 수도 있었을 것이다. 그러나 그가 알았다고 해서 무엇이 달라지겠는가. 그리고 너는 낙태뿐 아니라, 그날을 기억 속에서 깨끗이 지워버렸다. 그날 밤은 너의 생에 없는 날이니까 당연히 낙태라는 단어도 너에게는 없는 일이었다.

한참을 씩씩대며 거실을 왔다 갔다 했다. 이러면 더 이상 얘기해 줄 수 없다는 이모의 말에 너는 감정을 진정시키느라 애썼다.

어느 날, 너의 엄마는 남편에게서 아이가 있다는 말을 들었다고 했다. 엄마는 아이보다도 남편에 대한 배신감으로 반미치광이가 되어버렸다. 너도 기억하는지 모르겠다. 유치원도 안 가고 우리 집에서 며칠 동안 있었는데, 막내 외삼촌이 자전거 뒤에 태우고 놀다가 네 발이 뒷바퀴 속으로 들어가 다쳤던 것 기억하지? 막내 외삼촌까지 세상 떠나가도록 얼마나 엉엉 울며 들어왔던지 동네 사람들 모르는 사람이 없을 정도였다니까. 너는 기억난다고 말하며 아직도 희미하게 남아있는 발등에 난 상처를 보여줬다.

이렇게 상처가 남았구나. 치료를 꾸준히 해줬어야 했는데, 네 아빠가 갑자기 돌아가시는 바람에… 그때는 모두 혼이 나가 있었잖니.

남편 잃은 상실감을 추스르기도 전에 할머니는 엄마한테 아이를 데리고 왔다. 할머니는 아이를 키울 수 없다면 보육원에 보내겠다고 위협했다. 당신은 죽을 날이 얼마 안 남은 늙은이라 키울 수 없으니 어쩔 수 없다고 말하는데 소름이 돋도록 냉정했다. 그때 네 엄마 심정이 어땠겠니? 너도 그때의 네 엄마만큼의 나이니, 상상할 수 있겠지.

엄마는 바보같이 할머니한테 그러든 말든 알아서 하라고 하지, 왜 맡아서 키웠대?

너는 엄마의 착한 심성에 화가나 애먼 이모에게 쏘아붙였다. 외할머니와 이모는 남이 낳은 남편 자식을 어떻게 키우겠냐고 말렸다. 그런데 진아 친모가 너의 아빠를 수소문해서 연락해왔을 때는 이미 아이를 아빠에게 보내고 자신은 한국을 떠날 계획이었다고 했다.

너의 엄마도 마음 독하게 먹고 죽은 남편의 자식 몰라라 해도 됐을 텐데, 그게 말이다. 운명의 장난인지 뭔지. 네 엄마가 이혼도 생각했다고 하더라.

그럼 그때 왜 이혼하지 않았대?

애, 말이 쉽지, 이혼이 쉽겠냐? 네 엄마가 그러더라. 너에게서 아빠를 떼어낼 수도 없었고, 무엇보다 네 아빠를 사랑했대. 사랑한다는데야 무슨 말이 더 필요하겠니? 그래서 고민 끝에 애를 데려오기로 결정했는데, 사고가 난 거지.

너는 처음에는 언니가 생겨서 좋았다. 다른 친구들처럼 너도 언니하고 소꿉놀이도 하고, 그림도 같이 그리고. 그런데 진아가 온 후로 네 그림이 종종 없어지기 시작했다. 엄마는 네가 간수를 잘 못해서 그런 거라며 너만을 탓했다. 그러던 어느 날 너는 진아의 책상, 늘 잠겨있던 그 서랍 속에서 오래전 사라졌던 너의 그림들을 발견했다. 엄마가 진아에게 왜 그랬냐고 추궁했지만, 진아는 끝내 입을 열지 않았다. 엄마는 너에게 언니를 이해하고 용서해 주라고 달랬다. 지금은 진아가 말하지 않지만, 분명히 우리가 이해할 수 있는 이유가 있을 거라고 얘기해 줄 때까지 기다리자고 했다.

늘 말이 없고 소극적인 진아를 엄마는 예뻐했다. 진아에 비해 너는 마치 주의력결핍증 환자처럼 한시도 조용히 있지 못하고 방방 들떠있었다. 초등학교 내내 생활기록부 행동 특성의 첫 구절에 '명랑 쾌

활'이 있었다. 특히 4학년 때 담임 교사는 너를 볼 때마다 새침한 표정으로 미간을 자주 찡그렸다.

세상 근심 없이 명랑 쾌활하던 너도 사춘기가 되면서 말수는 적고 불만은 많은 소녀로 변했다. 반면에 진아는 말수는 적었지만 조용하고 조숙한 숙녀의 면모를 보이며 어른들이 입에 침이 마르도록 칭찬하는 모범생이 되어 있었다. 진아는 특성화고등학교에 진학했다. 대학을 가려면 일반고를 가야 한다는 엄마의 간절함에도 고집스럽게 자기 뜻을 굽히지 않았다. 취업 후에 재직자 전형으로 충분히 대학에 갈 수 있다는 것이었다. 할 수 없이 엄마는 진아의 결정에 굴복했다. 진아는 고등학교를 졸업하고 S전자에 취업했다. 기숙사가 있지만, 엄마는 조금 멀어도 진아가 집에서 출퇴근하기를 바랐다. 진아는 지하철로 한 시간가량 걸리는 출퇴근길을 불만 없이 엄마의 뜻을 따랐다. 엄마는 너에게 일반고를 다니는 내내 지방이든 어디든 국립대가 아니면 등록금이 비싸 못 보낸다고 귀에 딱지 앉게 말했다. 그러나 너는 엄마의 반대 없이 사립대학에 입학할 수 있었다. 엄마는 진아 눈치를 보며, 이게 다 진아 덕이라고 미안해했다. 너도 조금은 진아한테 미안한 생각이 들었다.

가희야, 네 엄마한테 들으니까 진아는 진지하게 만나는 남자가 있다고 하는 거 같던데, 너는? 요즘은 삼십 대 중반까지는 노처녀라고 안 한다지만 그래도 너무 늦으면 2세 보기 좀 힘들지 않겠니?

이모, 조금 전까지만 해도 비혼에 대해 옹호하는 발언을 서슴없이 하더니 웬 결혼 타령이야, 어울리지 않게.

결혼은 해도 후회, 안 해도 후회라지만 해 보고 후회하는 편이 훨씬 낫다는 옛말, 그르지 않다. 아이도 둘은 낳아야 하는데, 안 그러니? 너 결혼해서 아이 낳으면 내가 봐줄 수도 있어. 정말이야.

아이? 너는 섬광처럼 떠오른 끔찍했던 순간을 진저리치며 머릿속에서 털어버렸다. 이모는 너의 결혼과 아이에 대한 미련을 버리지 못하고 너에게 잔소리를 계속해댔다.

그만, 이모 그만해. 자꾸 결혼 얘기하면 나 갈래.

너는 이모의 입을 막듯이 발딱 일어섰다. 이모는 손사래를 치며 너를 잡아끌어 소파에 다시 앉혔다.

저녁이나 먹고 가. 아는 사람이 보령에서 쩜장을 보내왔는데 정말 맛있어. 쩜장에 찐 호박잎 싸 먹으면 정말 맛있다. 참, 네 엄마도 쩜장에 호박잎 싸 먹는 거 좋아해. 이따 갈 때 싸줄게.

이모가 저녁을 준비하는 동안 나는 외할머니 방으로 들어갔다. 주인이 떠난 방이지만, 외할머니의 물건들이 고스란히 놓여있어 외할머니가 어디선가 불쑥 들어올 것 같았다. 인기척에 옆을 돌아보니 어느새 이모가 있었다. 너는 외할머니 생각에 마음이 허탈해졌다.

난 표는 안 냈는데, 니 외할머니는 진아를 끔찍이 싫어했잖아. 네 엄마가 아무리 눈치를 해도 아랑곳하지 않고 대놓고 구박하고 먹는 거 뺏어서 너 주고. 오죽했으면 네 엄마가 다시는 너네집에 오지 말라고 했겠어.

그래도 외할머니 돌아가셨을 때 장례식장에서 말이야…. 이모는 무슨 대단한 비밀이라도 말하듯이 뜸을 들이다가는 속삭이며 뒷말을 이었다. 늦은 밤에 혼자서 외할머니 영정 사진 보며 울더라, 내가 방광이 안 좋아서 자다가도 화장실을 몇 번이나 가잖니. 그 시간에 말이야…, 애가 청승맞아 보이더라.

너는 진아의 눈물 의미를 알 것 같았다. 진아에게는 언제나 매몰찬 모습만 보여줬지만 아마도 그럴 수밖에 없었던 외할머니의 마음을 이해하고 있었을 것이다. 진아는 그런 사람이었다.

드디어 우려하던 날이 오고야 말았다. 엄마가 방안을 온통 난장판으로 만들고 반지를 찾고 있었다. 아니 귀신 곡할 노릇이네, 어디 달리 둔 곳이 없는데, 왜 여기에 없지. 엄마는 혼잣말하며 찾고 또 찾았다. 도둑이 든 것도 아닌데 왜 없지. 왜 없지. 이상하다. 이상하다를 연발하며 찾았다. 너는 못 들은 척 모르는 척 네 방에서 나오지 않고 모든 촉각을 곤두세워 안방의 소리를 감지했다. 진아가 들어오는 소리가 들렸다. 왜 그러느냐는 걱정 어린 진아의 말소리도 들렸다. 아무리 찾아도 반지가 보이질 않는다는 엄마의 속상해하는 음성도 들렸다. 그리고 잠시 후 엄마는 큰소리로 너를 불렀다.

가희야, 너 여기 있던 엄마 반지 못 봤니? 못 봤어?

엄마의 못 봤냐는 소리에 도둑이 제 발 저리다고 너는 날 의심하는 거냐고 소리를 질렀다. 너는 반지가 어떻게 생겼는지 생각도 안 나는데 뭘 봤냐고 묻는 거냐고 적반하장격으로 더 크게 소리 질렀다.

찾다가 없어서 묻는 건데, 물을 수도 있는 건데, 왜 이렇게 버릇없이 소리 지르고 그래, 엄마가 그렇게 가르쳤냐?

엄마는 감정이 급감하며 자조 섞인 혼잣말을 힘없이 흘렸다. 네 등록금이 모자라서… 필요 없는 반지라서… 팔까 해서 찾은 건데.

걱정 마세요, 어머니. 저한테 돈 있어요. 저금해 놓은 돈 있어요.

진아는 진심으로 한 말이지만 그 순간 너는 자존심이 너무 상했다. 돌이켜 생각해 보면, 그래 한식구니까 도울 수도 있지, 충분히 이해할 수 있었건만 그때는 몸속 깊은 곳에서부터 욕지기가 치받쳐 올라왔다. 악마에게 영혼을 담보 잡히고 자존심만 되찾아 올 수 있다면 그렇게 하고 싶을 만큼 모멸감으로 가득 찼다.

도둑년, 도둑년. 분명히 네가 훔쳤을 거야. 안 봐도 뻔해. 우리 집에서 엄마 물건에 손댈 년이 너밖에 누가 있겠어. 넌 그전에도 내 그림들을 훔쳤었잖아. 나쁜 년, 내 그림도 훔쳐 가고 엄마도 훔쳐 가고 이젠 엄마 결혼반지까지 훔친 년. 나쁜 년, 도둑년. 도둑년.

엄마가 너의 뺨을 후려쳤다. 너 미쳤어! 엄마의 서릿발 같은 음성이 너의 고막을 찢을듯이 날카롭게 꽂혔다. 엄마는 손으로 너의 몸을 사정없이 때렸다. 너는 주저앉아 울음을 터뜨렸다. 엄마도 너를 때리던 손을 멈추고 미쳤냐며 너를 마구 흔들며 울부짖었다. 진아는 자기는 아무렇지 않다고 괜찮다고, 괜찮다고 울며 울며 말했다. 너는 머리와 몸통이 마치 줄에 달린 나무 인형처럼 엄마의 손힘에 의해 서로 다른 리듬에 맞추듯 부정형으로 움직였다. 너의 것을 야금야금 모두 훔쳐 간 도둑년 주제에 뭐가 괜찮다는 것인가. 착한 척, 천사인 양 가식을 떨고 있다고 생각하며 너는 흔들리는 중에도 진아를 노려보았다. 너는 정말 반지를 가져간 사람이 네가 아니라 진아라고 진아여야 한다고 너 자신에게 최면을 걸었다.

절대 나는 아냐, 진아 네가 훔쳐 간 거야. 난 딱새다. 너 때문에 둥지에서 떠밀려 떨어진 딱새다. 넌 내 엄마를 빼앗아 간, 내 엄마의 사랑을 착취해 간 뻐꾸기다.

진아가 사원 숙소로 들어간 것은 반지 사건 때문이라는 것을 알 사람은 다 알고 있는 사실이었다. 그러나 너를 제외하고는 반지의 행방을 아무도 몰랐다. 아니, 진아는 알았을 것이다. 그날 이후 눈도 마주치지 않는 너에게 진아는 따뜻한 미소로 이해하고 있다는 표정을 보내왔었으니까. 마치 난 괜찮다고 말하는 것 같았다.

어려서는 진아를 언니라고 부르며 따랐다. 너는 진아의 껌딱지처럼 붙어 다녔다. 그런 너를 진아는 전혀 귀찮아하지 않았다. 오히려 네가 언니라고 불러주면 숙여있던 고개가 들리고 환하게 웃으며 네게 달려오곤 했었다. 그래서 너는 진아가 왜 함께 살게 되었는지, 너의 엄마를 왜 어머니라고 부르는지 궁금해하지 않았다.

자라면서 엄마의 편애로 인해 진아의 존재가 점점 불편해졌다. 불만과 반항으로 너 자신의 행동과 생각을 제어하지 못하던 그때부터 너는 진아를 언니라고 부르지 않았다. 굳이 불러야 할 때는 호칭을 쓰지 않고 그냥 말했다. 진아도 엄마도 너의 상태를 사춘기적 혼란 상태라고 이해했을 것이다. 시간이 지나면 좋아지겠지 하며. 간혹 엄마가 참 너도 별스럽다, 진아는 안 그랬는데 너는 참 별스럽게 사춘기를 보낸다. 작작 좀 해라, 엄마가 봐주는 것도 한계가 있다, 하고 위협적인 엄포를 놓기도 했지만, 너의 귀에 들어올 리 만무했다.

이모 사실은 엄마 반지 내가 팔아서 썼어.
뭐? 그런데 왜 진아한테 덮어씌웠어?
그때는 정말 걔가 미웠어. 비교당하는 것도 싫었고. 아마 그동안 쌓였던 것이 그날 터진 거 같아. 걔는 착하고 공부도 잘하고 엄마 말도 잘 듣잖아. 그리고 사실 엄마가 나보다 걔를 더 이뻐했잖아. 나한테는 맨날 잔소리만 하고 그러니 어린 마음에 반항심만 키웠지 뭐. 친딸인 나한테는 계모처럼 굴고, 걔만 챙기니 내가 삐뚤어질 수밖에.
네 엄마라고 진아가 이쁘기만 했겠니. 이모는 말했다. 자신이 엄마와 같은 상황이었다면 엄마처럼은 하지 못했을 거라고. 엄마도 아빠를 생각하면 문득문득 진아가 미웠다고 했다. 하지만 어린 것이 무슨 잘못이 있겠어. 엄마는 주변의 눈치를 보며 주눅 들어있는 진아가 가여웠대. 엄마 앞에서 크게 한번 웃지도, 어리광도 부리지 못하는 진아가 한없이 측은하다가도 불쑥불쑥 아빠한테서 느낀 배신감 때문에 힘들었다고 했다. 네 엄마는 웃음도 많고, 정도 많지만, 사랑이 넘치는 정말 따뜻한 사람이거든. 너도 그건 인정하지?

간혹 아무도 없을 때, 너는 장롱 위에 얹어놓은 사진첩을 엄마 몰래 꺼내 보길 좋아했다. 엄마는 보지 않는 가족 사진첩 속에서 아빠와 엄마는 신랑 신부가 되어 서로 마주 보며 늘 웃고 있었다. 아빠의 글씨로 꼼꼼하게 꾸민 사진첩에는 아빠 사진보다는 대부분이 너와 엄마의 사진이었다. 사진 속의 엄마는 늘 수줍게 웃고 있었고, 카메라 렌즈 속에 사랑스럽게 담겨 있었다. 너를 안고 있는 엄마. 너를 그네에 태워 밀어주는 엄마. 너의 손을 잡고 알파카에게 먹이 주는 엄마. 돌계단에 너와 나란히 앉아 있는 엄마, 엄마, 엄마. 사진 속 엄마는 모두 수줍게 웃었다. 아빠는 아마 카메라 렌즈에 눈을 대고 사랑스럽게 피사체를 바라보았을 것이다. 너는 피사체를 사랑하지 않고는 이런 아름다운 장면을 만들 수 없다고 생각했다.

병원으로 돌아가는 길에 이모는 너에게 신신당부했다. 가희야, 진아한테 사과해. 꼭. 그래도 너희는 자매잖아. 나하고 네 엄마처럼.

비는 그쳤지만, 하늘은 잔뜩 어둠으로 가득했다. 병실은 조용했다. 시간이 너무 늦었지만 그래도 진아가 있어 주길 바라며 조급한 마음으로 병실 문을 열었다. 있겠지. 있을까? 지금이 아니면 어쩌면 영원히 용서를 구하지 못 할지도 모른다는 강박감에 싸여 몸이 욱신거릴 만큼 초조해졌다. 지금 품은 용기가 연기처럼 사라질까 봐 겁이 났다. 진아는 가고 없었다. 엄마의 숨소리가 고르게 들렸다. 너는 엄마의 손을 가만히 얼굴에 가져다 댔다. 그리고 눈을 감았다. 따뜻했다. 뺨에서 온몸으로 온기가 퍼졌다.

낮의 소리는 산만하고 무질서하지만, 밤이 되면 온갖 소리는 또렷하게 질서를 찾아갔다. 멀리서 자동차가 바람을 가르며 달려가는 소리가 그러하고, 복도를 지나가는 슬리퍼 끄는 소리가 그러했다. 환자들의 가르랑대는 숨소리가 단조로워지고, 인공 산소 호흡기의 작동 소리가 규칙적인 소리를 냈다. 낮에는 들리지 않던 엘리베이터 소리까지 들려왔다. 또각또각 조심스럽게 다가오는 발소리. 병실 문이 열리는 소리가 나더니, 사르락 옷 스치는 소리가 귓전에서 멈추었다. 너는 눈을 떴다. 그녀가 돌아왔다. 집에 가서 쉬어. 낮은 목소리로 진아가 말했다. 너는 진아와 눈이 마주쳤다.

오늘은 내가 어머니 곁에 있을게. 잠시 원고 마감하고 서둘러 온 건데 늦었네.

아니, 괜찮아. 마감하느라 힘들었을 텐데, 쉬지 뭐하러 왔어.

너는 그녀에게 어떤 식으로 말을 꺼낼지 망설였다. 머릿속은 어서 말을 하라고 아우성치고 있었지만, 너는 입술만 달싹거릴 뿐이었다.

가희야, 우리 잠시 바람이라도 쐴까?

진아가 조심스럽게 말을 건넸다. 너는 그녀가 먼저 대화의 기회를 마련해 준 것에 고마웠다. 너는 대답 대신 몸이 먼저 응답했다. 앞서

걷는 진아의 등이 외로워 보였다. 진아가 등나무 밑에서 멈춰 섰다. 비는 멈췄지만, 아직도 빗물을 머금고 있던 잎들이 바람에 우수수 빗물을 떨어냈다. 이런 미안. 진아가 미안해하며, 우산을 얼른 펼쳐 너를 보호했다. 너는 피식 웃었다. 벤치가 젖어있어 앉을 수가 없었다. 두 사람은 그냥 우산을 함께 쓰고 등나무 밑에서 하늘을 바라봤다. 어느새 캄캄했던 밤하늘에 엷은 구름이 몽글몽글 잿빛 떼를 지어 밤 하늘길을 유영하고 있었다.

엄마는 그림을 그렸어. 엄마가 그림에 몰두해 있을 때, 엄마는 아무 것도 보이지 않는 사람처럼 그림만 그렸어. 외할머니가 오셔서는 엄마를 나무라곤 하셨지. 방문을 닫고 말씀을 하셔서 무슨 소리를 하는지는 잘 몰랐지만, 나는 두려웠어. 방에서 큰소리도 나고 부서지는 소리도 들리고. 그런 일이 반복되고.

너는 고개를 돌려 우산 대 너머의 그녀를 바라볼 용기가 나지 않았다. 어떤 말을 해야 할지 망설였다. 우산을 잡은 그녀의 손만 물끄러미 바라봤다.

난 네가 좋았어. 어머니도 좋았고. 아빠는 돌아가셨지만, 가족이 생겨서 정말 좋았어. 사실 아빠 기억은 거의 없어.

그녀는 일곱 살 때라고 했다. 어느 날, 외할머니 말고는 방문하는 사람이 별로 없는 그녀의 집에 불쑥 웬 낯선 남자가 방문했다. 현관 앞에 서 있는 남자에게 그녀의 엄마는 들어오라는 말도 없이 눈을 비비며 낮잠에서 깨어나는 그녀에게 네 아빠야 하고 말하는데, 마치 휙

지나가는 섬뜩한 칼날처럼 목소리가 무섭도록 냉랭했다. 그녀는 엄마가 아빠라고 하니까 아빠구나, 생각하며 그냥 멍하게 인사했다. 아빠는 무섭게 엄마를 노려보고는 가버렸다.

그날 이후부터 난 문 닫는 소리가 크게 들리면 나도 모르게 심장이 툭 떨어져 내려.

지금, 이 순간 너의 심장도 툭 떨어졌다. 맥박이 빨라지며 불안했다. 진아를 향한 안쓰러운 마음이 어느새 사라지고 질투의 감정이 똬리를 틀었다.

그럼, 아빠는 자주 만났어?

진아는 고개를 숙이며 후후 웃었다. 그리고 너를 슬픈 눈으로 바라봤다.

아니, 못 봤어. 그게 처음이자 마지막이었어. 아빠가 오기로 한 날 오지 않았거든. 한참 후에 엄마가 아빠 집에 데려다준다고 하면서 할머니 집에 데려다줬어. 그리고 그 다음은 네가 기억하고 있는 그대로야. 너와 함께 살게 됐지. 우리 엄마는 내가 혹이라고 했어. 엄마의 발목을 잡고 있는 짐이라고도. 하루는 놀다가 집에 들어가니까 엄마가 울고 있더라. 엄마를 용서하지 말라며, 나를 안고 우는데 엄마 몸에서 나는 술 냄새가 역해서 몸을 빼내려 버둥거리기만 했어. 우리 엄마는 다정하지도 따뜻하지도 않았지만, 그래도 난 엄마가 좋았어. 반찬도 늘 사다 먹고, 인스턴트에 배달 음식을 많이 먹었지만….

너는 조심스럽게 물었다. 엄마하고는 연락이 돼?

아니, 엄마하고 약속했지만, 너무 보고 싶어서 전화했었어. 없는 번호라는 음성이 나오더라. 그 후에도 간혹 정말 힘들 때 없는 번호라는 걸 알면서도 혹시나 하는 미련으로 전화를 했었어.

지금도?

아니.

그녀가 고개를 흔들었다. 진아의 눈에서 눈물이 떨어졌을까. 그녀의 목소리가 떨렸다. 너는 그녀에게 더 미안해졌다.

가희야, 미안해.

응? 뭐가? 미안한 짓을 한 것은 넌데, 왜 그녀가 미안하다고 하는지 이해할 수 없었다.

어릴 때 네 그림을 내가 숨겼었잖아. 어린 내 눈에 네 그림은 정말 멋있었어. 네가 그림을 너무 잘 그려서 겁이 났거든, 어느 날 갑자기 엄마처럼 네가 떠날까 봐 무서웠어. 그래서…, 우습지?

진아는 웃었다. 싱겁게 한참을 웃었다. 그러나 너는 같이 웃어줄 수가 없었다. 어린 진아가 가엾어서, 못나게 굴었던 너 자신이 한심해서 웃지 못했다. 그리고 용기를 내어 용서를 구하기 위해 말을 꺼냈다.

엄마 반지 있잖아, 사실은 내가….

진아가 말을 막았다. 다 지난 일이야, 자매끼리 이해 못 할 게 뭐가 있겠어. 네가 어려울 때 도움을 주지 못해서 미안했지. 너와 너의 엄마에게 고마워.

그리고 그녀는 살면서 평생 갚아도 다 못 갚을 사랑을 받으며 살았다고 말했다. 너는 미안함에 고개를 들 수 없었다. 목울대로 뻐근하게 뜨거운 것이 밀려 올라왔다. 눈물이 투둑 떨어졌다. 습한 공기 때문인지 감정 때문인지 오소소 어깨가 떨렸다. 눈에서는 눈물이 흘렀고 어깨는 자꾸 들썩였다. 진아가 너의 어깨를 살며시 감싸 안았다. 너는 더 이상 어깨를 들썩이지 않았다. 지나가는 사람이 너희를 쳐다보았다. 진아가 우산을 숙여 너를 가려주었다.

어머, 달떴네. 가희야, 저것 봐.

비단구름 사이로 언뜻언뜻 달빛이 흘렀다. 너와 진아는 서로 눈을 맞추고 미소 지었다.

병원에서 엄마가 퇴원하는 날 진아는 의자에 앉으며 '고생했다'라며 너의 손을 잡았다. 성인이 된 후 처음으로 잡아보는 손이었다. 거친 촉감이지만 손이 따뜻했다.

언니, 언젠가 추석날 생각나?

너는 언니라는 말을 썼다. 정말 오랜만이었다. 강변길로 돌아오는데 길 한쪽에 코스모스가 즐비하게 피어 있었다. 아빠 성묘 갔을 때, 그때도 코스모스가 저렇게 피었었지.

너는 룸미러로 뒷좌석에 앉은 엄마를 보았다. 너와 눈이 마주치자 엄마는 고개를 끄덕였다.

엄마는 재혼 생각 한 번도 안 해 봤어? 이모가 그러는데 엄마도 재혼할 기회가 있었는데, 딱 잘라 거절했다며. 애가 둘씩이나 있는데 재혼은 무슨 재혼이냐고. 이모가 참 미련 맞도록 고지식해서 사서 고생한다고 하대.

엄마는 웃었다. 다른 사람을 좋아할 것 같지 않아서 그랬다고, 그래도 사람 마음은 언제 어떻게 움직일지 모르니까 장담할 수는 없지만이라며, 엄마가 지금이라도 연애할까? 하는 말에 너와 진아는 찬성이라고 동시에 외쳤다. 찌찌뽕. 하하하. 호호호

엄마는 말이야, 너희 아빠를 정말 많이 사랑해. 지금도. 진아하고 가희가 엄마한테는 딸이면서 아빠란다. 사랑해 우리 딸들.

엄마는 뒷좌석에서 몸을 일으켜 너와 진아의 어깨를 토닥였다. 라디오에서 노래가 흘러나왔다. 엄마는 라디오에서 흘러나오는 노래에 맞춰 흥얼거리기 시작했다. 엄마의 경쾌한 노랫소리가 따뜻하게 들렸다.

코스모스 한들한들 피어 있는 길 향기로운 가을 길을 걸어갑니다.

너는 H가 보고 싶어졌다. 내일은 꼭 H에게 전화를 걸어 만나자고 해야겠다. 그리고 그동안 H에게 다른 변화가 없길 간절히 바랐다.

라디오에서는 그 노래가 끝났지만, 엄마의 흥얼거리는 노랫소리는 끝없이 이어질 것 같았다.

길어진 한숨이 이슬에 맺혀서 찬바람 미워서 꽃 속에 숨었네.

차창 밖에는 고추잠자리가 날고 파란 하늘에는 구름이 흐르고, 우리는 엄마의 노랫소리를 들으며 환한 얼굴로 들판을 보고 있었다.

아내가 무서워요

그녀는 순순히 따라나섰다.
그녀의 모습은 길가에 핀
연보랏빛 수국과 닮았다는 생각이 들었다.

아내가 무서워요

아홉 식구가 복닥거리며 살던 시절 아내는 조곤조곤했다. 하도 그래서 무슨 말인지 귀 기울이지 않으면 말을 놓쳐버리기 일쑤였다. 대신 내 목소리가 컸다. 그런데 그 많던 식구가 떠나고 집에는 셋만 남았다. 우리 부부에 막내딸 하나. 세월의 깊이만큼 이제 아내의 눈꺼풀은 내려앉았고 눈매가 쪼그라들어 작아졌다. 아내의 목소리는 이제 신경 쓰지 않아도 집안 어디서나 잘 들렸다.

오늘도 아내는 아침상을 차리고 있었다. 먹음직스러운 식빵을 달걀에 우유를 넣어 푼 물에 담가 프렌치토스트 두 장을 굽고 사과 반쪽을 깎아 김치 담을 때 쓰는 투명한 유리 보시기에 담아내었다. 아마 내가 먹고 남기면 뚜껑을 닫아 보관하기 좋게 하려고 그런 것이라고 여겼다.

아내는 사립학교 교사였다. 당시는 여교사 대부분이 산통이 올 때까지 교단에 서야 했고, 출산 후에 한 달도 안 돼 탱탱 불은 가슴에 가재 수건을 대고 출근을 했다.

손이 귀한 집안이라 큰집 작은집에 아들이 없으니 막내인 나라도 손을 이어야 한다고 부모님은 성화를 댔다. 교사였던 아내는 연년생으로 딸을 낳고 3년 만에 셋째를 가졌을 때 주변의 눈칫밥을 먹으며 퇴직 신청서를 써야 했다. 아들 쌍둥이를 임신했기 때문이었다.

집안의 경사였다. 그렇지 않아도 부모님이 살던 곳이 개발되며 과수원과 집은 이미 보상을 받은 상태였기에 아버지는 바로 집을 비우고 화장실 둘에 방이 넷인 아파트를 구입했다. 사부인의 손으로 키워진 아이들은 딸이라고 한 번도 안아주지 않았다. 하지만 쌍둥이 손주들은 당신들 무릎에서 내려놓질 않았다. 아들 둘은 서운해. 셋은 돼야지. 대를 잇는 것에 대한 욕심이 많은 부모님의 소원대로 아내는 몇 년 후 또 낳았지만 딸이었다.

아내는 학교에서 어떻게 아이들을 가르쳤는지 의심스러울 정도로 목소리가 작았다. 그녀의 목소리를 처음 들었을 때, 마치 작은 새의 것 같았다. 나는 복학생이었다. 어느 날 혼자 빈 강의실에서 멍때리며 앉아 있기를 좋아하는 내 눈에, 조그만 여학생의 묶은 머리 사이로 목덜미와 등이 담겼다. 강의가 끝나고 썰물처럼 빠져나간 곳에 미처 숨지 못한 조개처럼 그녀는 문 쪽 두 번째 줄에 잠잠하게 앉아 있었다. 그 후로도 늘 같은 모습을 보았다. 나는 점점 신경이 쓰이기 시작했다.

어느 날 나는 소나기가 지나간 하늘을 바라보고 있다가 갑자기 허기를 느꼈다. 그래서 용기를 내어 그녀에게 다가가 밥이나 먹으러 가

자고 했다. 그녀는 뜻밖의 말에 놀라는 듯 눈을 동그랗게 뜨고 나를
올려다봤다. 그리고는 그녀는 순순히 따라나섰다. 그녀의 모습은 길
가에 핀 연보랏빛 수국과 닮았다는 생각이 들었다.

형, 조금만 천천히….

나를 형이라고 조용히 부르는 그녀의 목소리. 내가 알고 있는 형이
라는 말은 보통 폭력적이고 위협적인 상대였다. 그러나 그녀가 말한
형은 내게 다른 느낌으로 들렸다. 이렇게도 곰살궂고 사랑스러운 형
도 있다니. 그녀는 숨을 모아 쉬며 이마의 땀을 손수건으로 훔쳤다.
쨍한 햇빛에 그녀의 원피스가 마치 꽃처럼 떠올랐다.

아내는 내게 활짝 핀 수국이 되어 주었다. 사글세에서 신혼을 시작
했을 때도, 출판사 계약직으로 전전할 때도, 부모님의 야단에 못 이
겨 아내에게 전업주부 의사를 물을 때도 아내는 조용히 내 뜻을 따
라주었다. 그런 아내에게 나는 작가랍시고 글문이 막힐 때마다, 어머
니의 일방적인 타박이지만 고부간의 갈등이 있을 때마다, 아내를 협
박하듯이 내 머리를 쥐어뜯고, 짜증내며 볼멘소리를 퍼부었다.

조용히 좀 할 수 없어? 애 울잖아, 나 보고 어쩌라고? 나는 슽하게
아내에게 못 박는 소리를 내질렀다. 아내는 그럴 때마다 작은 소리로
'미안하다, 조심하겠다, 더 잘하겠다'라는 말을 했다.

아이들은 머리가 굵어져 각자의 방을 원할 때쯤 아버지가 돌아가
셨다. 아버지가 돌아가시자 큰집에서 어머니를 모시고 갔다. 큰형은
선심 쓰듯 말했다.

아파트는 네 명의로 되어 있으니 너 해라. 그동안 부모님 모시느라 애썼다. 나머지는 내가 관리하마.

강짜가 심했던 어머니는 막내보다는 든든한 장남 곁이 명분 있다고 판단했는지 순순히 큰아들 뒤를 따랐다. 대를 잇지도 못하는 장남인데 무슨 자격으로 그러냐고 대들고 싶었지만 부질없는 짓이라는 것을 살아오는 내내 진즉부터 알고 있었기에 밀려오는 화를 속으로만 삼켰다.

아내는 몇 날 며칠을 고심한 뒤 부모님이 쓰시던 안방을 정리해 나만의 서재 겸 침실을 만들어 주었다. 집 떠나 객지 생활하는 두 딸의 방은 고등학생이 된 막내딸이, 대학생과 재수하는 귀한 쌍둥이는 각각의 방을 차지했다.

아내는 가정이라는 일터에서 온종일 일을 했다. 남들은 흔하게 맺는 계모임도, 동창 모임도 없이 가족만 바라보고 기다렸다. 서재에서 늦도록 작업을 하는 나를 위해 어느 때부턴가 밤에는 거실이 아내의 침실이 되어 있었다.

그 사이 아이들이 다 커서 떠나갔다. 그렇게 세월이 훌쩍 가버렸다.

어느 날 자정이 넘은 시간에 물 마시러 주방에 나갔다. 아내는 식탁 위에 그릇들을 널려놓고 요리조리 돌려보며 흐뭇한 표정을 짓고 있었다. 아내의 눈이 열에 들떠 보였다. 나는 이게 다 뭐냐고 시큰둥하게 묻자, 아내는 너무 예뻐서 큰맘 먹고 샀다고 했다. 여기에 담아 먹으면 뭐든 다 맛있을 거 같다며. 그래 봤자 겨우 그릇들인데 뭘 그렇게까지라며 핀잔을 주고 돌아서는데 아내의 작은 목소리가 나를 잡았다. 여보, 나 사랑하세요?

아닌 밤중에 뭔 흰소리냐고 지청구를 주려다 아내의 처진 눈이 측은해, '별소릴 다 하네, 그걸 꼭 말로 해야 아나?'라고 속으로만 웅얼거렸다. 내 글 속에서의 인물들은 그렇게도 쉽게 쪽쪽거리며 사랑한다고 하는데, 그러고 보니 아내에게는 그런 말을 한 적이 없었다.

아내는 달걀부침을 하며 내일모레면 마흔이 되는 막내딸을 큰 소리로 소리쳐 불렀다. 나는 선반에서 예전에 아내가 큰맘 먹고 샀다는 초록색 잎이 잔잔하게 그려진 잔을 꺼내어 인스턴트커피를 타고 거기에 우유를 가득 부어 티스푼으로 섞이도록 저었다. 우유를 남기기가 어중간하여 다 부은 것이 사단이었다. 커피 물이 넘쳐흘러 바닥으로 떨어졌다. 나는 얼떨결에 식탁 위에 있던 행주로 바닥을 닦았다.

이런 이런, 지금 뭐 하는 짓이에요? 걸레로 닦아야지. 바닥을 행주로…. 내가 못 살아, 못 살아.

별것도 아닌 일에 큰 소리를 내는 아내가 어이없었다. 되받아치지도 못하고 엉거주춤 구부린 상체를 곧추세우지도 못한 채 아내를 바라봤다. 눈이 마주쳤다. 나는 화가 났다는 것을 표현하기 위해 눈이 마주치는 순간 눈썹에 온 힘을 주어 미간을 좁혔다. 그러나 아내는 내 미간에 굵은 주름이 잡히는 것도 보지 않고 눈을 돌려버렸다. 아내는 더 큰 소리로 짜증을 내며 막내를 불렀다.

아내는 눈치 채고 있을까? 아내의 목소리가 커졌다고 느껴지는 순간부터 나는 묻고 싶었다. 아내가 남편을 무시하는 것 같다는 사실을. 하찮은 말이라도 때와 장소가 중요하지 않은가. 어젯밤 나는 아내가 씻고 방으로 들어가는 소리를 듣고 십 분쯤 지나 조심스럽게 아내의 방을 노크했다. 왜요? 아내의 귀찮아하는 응대가 돌아왔다.

우리 한잔할까?

오늘은 글 안 써요? 난 피곤해요.

나는 계면쩍어 문 앞에서 험험 헛기침을 하고는 맞은편 내 방으로 들어가며, 약간 화가 났다. 아내의 비위도 맞추고 분위기도 잡아서 할 일이라는 것을 모르는 것은 아니었다.

아내의 목소리는 작아질 틈을 주지 않고 점점 크고 격해졌다.

빨리 나와서 바닥 닦아. 그까짓 글 좀 쓴다고 밤에 잠 안 자고 지금 처자고 있냐?

아내의 큰소리에 습관이 들었는지 막내딸의 방문은 미동도 없었지만, 나라도 쫓아가 막내딸을 흔들어 깨워 아내의 목소리를 잠재우고 싶을 때가 많아졌다. 아내가 무서워진 게 맞다. 말도 붙이기가 어려워졌다.

오늘도 글렀다. 그래도 죽기 전에는 꼭 물어보리라. 아니 묻기 전에 먼저 이 말부터 해야 하지 않을까. 여보, 고마워. 당신 덕에 행복했어. 내가 먼저 가서 기다리면 내게 와 줄 거야? 난 그랬으면 좋겠는데, 왜냐하면 난 당신을 무지 사랑하거든. 기다려도 되지? 꼭 올 거지?

나는 식탁에 앉아 아내의 다소 굽은 등을 바라보며 미래의 어느 날 병실에서 할 말을 속으로 물었다. 궁금했다. 아내는 무어라 답할까?

타자와의 관계성을 묻는 여성 서사

연용흠(소설가)

타자와의 관계성을 묻는 여성 서사

연용흠(소설가)

1.

　강해원의 소설집 『나비춤』에는 꽃과 나무가 연상되는 8개의 소설이 들어있다. 첫 소설 「높은음자리」에는 벚나무가, 「낮달 아래에서」는 배롱나무가, 「무채의 뜰」에서는 감나무가, 「배회하는 나무」에서는 소나무가 의미 있게 등장한다. 또한 「바람 불어 좋은 날」에는 매화꽃이, 「그림 맞추기」에는 상사화가, 「나비춤」에는 코스모스가, 「아내가 무서워요」에서는 수국이 등장하여 서정적인 분위기를 잘 담아내고 있다. 이러한 소도구는 순수이미지가 강하게 느껴지는 재료들이다. 책을 펼쳤을 때 단번에 읽히는 문장들 역시 단아하고 감성적이다. 그리고 구성면에서 볼 때 강해원은 복잡한 사건으로 치달려가는 방식이 아니고 인물의 속내를 들여다보면서 타자와 어울려 살아가는 방식이 바로 저렇구나, 느낄 수 있도록 펼쳐 보여주는 방식으로 독자들과 만나는 것 같다.

　결이 촘촘한 강해원의 소설을 읽고 나서 떠오르는 생각이 있다.

'당신은 지금 어떻게 사는가?' 삶을 관통하는 이런 질문은 배우자, 가족, 친구, 직장동료와의 관계를 배제하고는 해명되지 않는다. 특히 여성에게는 매우 복잡한 대답을 기다려야 할 것이다. 대부분 여성 서사가 있는 소설에서의 갈등 구조가 바로 이러한 구성원 간의 정체감이나 자존감을 해결하기 위해 빚어지는 현상을 다룬다. 이 소설집에 등장하는 인물들 역시 그러한 서사적 상황에서 현실과 맞닥뜨리며 생기는 여러 가지 인간관계의 문제를 해결하고 있다.

혼자 살 수 있는 존재는 신 아니면 야수라는 말이 있다. 하지만 신은 몰라도 야수는 엄밀하게 혼자 살지 못한다. 생명이 있는 한 누군가와 함께 어울려 살아야 하고 그러면서 누군가와 사랑하거나 혹은 서로의 욕망이 충돌하여 어쩔 수 없는 고통에 빠지게 된다. 혼자 살 수 없는 사회, 함께 어울려야 하는 사회… 그런데 이 사회의 구성원인 여성은 아쉽게도 적절한 대우, 사랑이나 안전의 문제에서 빈번히 소외되어 있던 과거의 인류사가 있고, 여전히 현재 그 일이 반복되고 있다는 게 큰 문제다. 사람이면 누구나 여성으로부터 생명을 얻고 교육을 받으며 자랐다는 사실 앞에 이 얼마나 끔찍한 난센스인가. 평화와 평등을 부르짖는 시민정신이 결국 페미니즘의 이념을 추동할 수밖에 없었을 것이다. 하지만 그것이 이성을 혐오하거나 배척하는 문제로 변형되어 간다면 결코 환영해줄 만한 일이 아닐 것이다.

이 소설에서는 비열하게 상대의 풍요를 내 것으로 만들기 위해 애쓰는 남성이 등장한다. 강해원이 무엇보다 염려하는 것은 바로 이런 허위적인 남성의 몸짓일 것이다. 여러 작품에서 공통적으로 발현되는 이미지로 추측컨대, 강해원의 문학적 정서는 알게 모르게 동물성이 아닌 식물성, 즉 꽃과 나무로 은유되어 있는데, 여기 있는 작품들이 관념에 치중한 복잡한 의식의 세계보다 하늘이나 바람이나 햇살에 친근한 식물의 '순수세계'에 이끌리고 있는 것을 보면 알 수 있다.

2.

소설을 만날 때 기본적으로 생각해야 할 두 가지가 있다. 스토리와 담화다. 이것은 이야기 안에서 '실제로 무슨 일이 일어났는가'와 '일어난 일을 어떻게 이야기하는가'에 관한 것이다. 세상에는 수많은 사람의 사연이 있고 스토리가 넘친다. 그것을 어떻게 이야기할까, 궁리하지 않으면 안 된다. 같은 내용도 누가 이야기하느냐에 따라 느낌이 달라지는 것이기 때문이다. 그러한 이유로 소설은 화자가 지배하도록되어 있다. 지적으로 탁월한 화자가 있는가 하면 감성이 우월한 화자가 있다. 화자는 눈에 보이기도 하고 보이지 않기도 한다.

강해원의 소설에서 화자는 낯선 사람들보다는 가까운 주변 사람들이 등장한다. 가족이나 친구 혹은 직장 동료다. 가족은 다양한 형태로 이루어진다. 살다 보면 형편상 형제자매나 친구끼리도 살 수 있다. 가장 일반적인 형태가 배우자와 그들의 자녀로 이룩한 삶일 것이다.

「높은음자리」의 스토리를 보면 화자인 나와 제인이라는 친구의 우정이 과거와 현실을 넘나들며 나타나는데, 남편이 무심하거나 딴마음을 가지고 있어서 파탄이 난 상태다. 가정이 그러하니 둘은 믿고 의지할 수밖에 없는 상황이 된다. 제인은 결혼했다가 이혼하고 새로 사귄 남자와 함께 살려고 하다가 그 관계마저 깨져버린다. 호주에 이민 가서 살던 나 역시 남편과 소통이 영 안 되는 상태다. 여기서 등장하는 인물의 배우자인 남자들은 사랑이 없고 혼인 관계를 앞세워 상대의 재물을 탐내는 유치한 사람일 뿐이다. 이 이야기 중에는 소녀 감성을 지닌 제인의 편지가 로맨틱한 분위기를 돋우고 있지만, 기실 그녀가 함정에 빠진 상황이라는 것을 나중에 알고 두 사람이 서로 의지하며 함께 있기로 의기투합하는 결과를 만든다.

그가 가끔 누군가와 전화로 "오겡끼데스까? 와따시와겡끼데스"라고 외쳐대서 아마 외국 거래처와 저렇게 소통하나보다 했거든. 사업 잘되는 줄 알았어.

그녀는 곧장 가지고 있는 통장을 내밀까 하다가 무엇인가 스쳐가는 느낌 때문에 잠시 보류했다는 것이었다. 그리고 회사의 사정이 어떤지 확실히 알아보고 싶은 마음에 사무실을 찾아갔는데, 밖에서 보기에 화려한 장식물이 있어 보이긴 하지만 분명 거긴 부동산 중개소 비슷한 곳이었다.

아, 벤츠 아저씨요? 여기서 커피 시켜놓고 온종일 채팅만 하는 아저씨?

사무실에서 차 심부름하는 알바에게 들은 말은 그것이 전부였다. 제인은 두말하지 않고 그곳을 나왔다. 한낮인데 바람이 불 때마다 어단가 서 있는 벚나무 가지에서 꽃잎들이 떨어져 눈발처럼 날렸다.

(「높은음자리」 일부)

　강해원의 서사는 주로 일상에서 인물 간의 욕망과 갈등을 찾아내어 리얼하게 묘사하는 방식이다. 왜곡된 가족 관계, 소원해진 친구 관계 혹은 배우자와의 관계 등이 그것인데 흔한 주변사이고 눈에 띄게 특별한 사건이랄 것도 없다. 특히 「높은음자리」에서 사기성이 높은 남성과 그의 거짓된 몸짓에서 벗어나려는 주인공의 반응과 행적이 서사의 핵심이다. 여기서 보여주는 두 여성의 밀착된 감정은 그에 대한 뚜렷한 반감이다.

　타인과 만남으로 이루어지는 결혼이 가족의 시작이라면 형제자매가 생긴 것은 그 과정에서 얻어진 생명의 결실이라고 할 수 있다. 여기서 가족 관계는 핏줄과 연결되므로 절대적이다. 「낮달 아래에서」는 가족사를 크게 돌이켜보는 내용이지만, 「나비춤」도 배다른 자매간의 화해하는 내용을 가진 가족 스토리를 갖고 있다. 「무채의 뜰」은 치매에 걸린, 죽은 손주를 그리워하는 할아버지 송 영감을 주인공으로 하며, 이것도 가족사의 연장이다. 교사의 뺨을 때리기까지 하는 「그림 맞추기」의 재인이 충돌조절장애로 문제를 일으키는 것도 부모의 이혼으로 가정이 허물어진 게 이유인 것으로 드러나 있다. 이처럼 강해원은 누구보다 가족이나 가정에서 일어나는 갈등을 예의 주시하며 거기서 원초적인 삶의 행복을 찾을 수 있다고 믿는 작가인 것 같다.

특히 「낮달 아래에서」의 서사 방식은 독특하다. 만약 소설의 이 장면을 연극이나 영화로 만든다면, 화자 혼자 화면을 가득 채운 상태에서 계속 중얼거리는 모습만 나타나고 말 것이다. 그래서 매우 정적인 느낌이 드는데, 누나 혼자만 화자로 등장하여 죽은 동생의 무덤 앞에서 혼자 말하는 형식의 서술 방식을 취하고 있기 때문이다. 일찍 세상을 떠난 동생 지성의 묘 앞에서 넋두리하는 이유는 엄마가 치매라서 요양원에 보내 놓고 자신이 외국에 가 있어야 하는 상태가 고민되어 그런 것이다.

지성아, 누나가 한동안은 네게 못 올 거 같아. 네 매형이 중국 하이난으로 발령이 나서 가족 모두 가게 됐단다. 엄마도 그렇고 그래서 혼자 갔으면 했는데…. 남들은 애를 위해 일부러 유학도 보내는데 이렇게 좋은 기회가 어디 있느냐고 다들 못 가서 안달인데 왜 받아놓은 밥상을 걷어차려 하냐고 주변에서 하도 성화들을 해서. 미안해. 나 없는 동안 엄마 부탁해. 절대로 너 있는 곳이 아무리 좋아도 내 허락 없이 엄마 데려가면 안 돼. 알았지. 엄마까지 그곳으로 가면 나 혼자 남잖아. 조금만 더 내 곁에 있게 네가 잘 보살펴 줘.

(「낮달 아래에서」 일부)

「낮달 아래에서」는 치매인 어머니에 관한 문제를 서브 스토리로 다루고 있지만 「무채의 뜰」에서는 치매인 송 영감의 문제를 메인 스토리에 두고 있다는 점에서 이 문제를 좀 더 확산하고 있다는 생각이

든다. 송 영감은 고향으로 이사를 한 뒤 고향 집 마당 한가운데에 박혀 있는 돌을 빼내려고 애를 쓴다. 독자는 그의 집요한 행위가 왜 나타난 것인지를 모르다가 끝부분에서 그 이유를 알게 될 것이다. 등산갔다가 죽은 손주 우빈을 생각하는 할아버지의 고통스런 마음과 마당 한가운데 박힌 그 엄청난 돌이 동일시되어 있기 때문이라는 것을.

알아, 오늘도 우빈이가 온다니까.
송 영감은 얼굴에 웃음기를 띠고 소파에서 일어났다. TV 소리는 여전했고 아내는 진공청소기를 돌려 거실을 깨끗하게 했다. 우빈이 올 시간 됐어. 사랑스러운 손주의 모습은 매번 일정하지 않았다. 아이일 때도, 소년의 모습을 하고 있을 때도 있었다. 그러나 아무려면 어떠한가. 오구 오구 내 강아지야, 어데 갔다 인제 오누.
손주를 으스러지게 안는 듯 그는 두 팔을 벌려 허공을 싸안았다.

(「무채의 뜰」 일부)

이 작품은 강해원이 소설가의 첫발을 떼면서 쓴 작품이기도 하다. 「무채의 뜰」에서 보이는 주인공의 이러한 심리적 압박감은 상상을 초월한다. 자랑스러운 집안의 가장으로 고향의 집으로 내려온 송 영감. 그의 집안에도 풀리지 않는 우환이 숨겨져 있다. 원치 않는 마당 한가운데의 바위로 표현된 이 물건은 집(가문)의 흉물이 되어 끝내 집요하게 그를 괴롭힌다.

3.

　인간의 전 생애를 통해 타자의 소통은 한순간도 게을리해서는 안 되는 일에 속한다. 가족도 가족이지만 어릴 적 같은 학교에서, 아니면 직장에서 만난 사람과의 소통문제 역시 같은 맥락이다. 여기서는 동료 간 업무 외에도 감정적인 문제도 있을 수 있고, 친구 간 우정의 문제도 존재한다. 이것을 해결하지 않으면 정상적인 삶의 영역에서 크게 벗어날 수밖에 없이 되는 것이다.

　「배회하는 나무」는 회사원인 나(은성)의 이야기로 오랫동안 친구 영채와의 관계가 깨어져 있다가 팬데믹 시대에 다시 화해하고 만난다. 그들의 재회로 인해 소환되는 과거의 일들이 우리 주변에 흔히 벌어지는 사건이고, 그래서 진지하게 서사의 내용에 공감할 수 있다.

　나는 오빠네 집에서 29년을 살았다. 아니, 그건 엄마의 집이었는데 큰오빠가 물려받으면서 나는 거기에 얹혀사는 노처녀 고모로 조카들에게 불리는 신세가 되었다. 그게 못마땅해 혼자 살겠다 해도 엄마는 내 나이를 무시하고 독립하는 것을 허락하지 않았다.

　무슨 일이 생기면 어떡하려고 그러냐?

　무슨 일은? 나이가 차면 다 혼자 살아야 하는 거 아냐? 내가 무슨 캥거루도 아니고.

　결혼해. 그럼 즉시 독립시켜줄게.

　무슨 일이든 엄마는 단호했다. 혼자서 5남매를 길렀으니 못 할 게 없다고 여기는 사람이었다.

나는 고민했다. 어떻게 하면 집을 빠져나올 수 있을까? 누군가와 함께 살면서 집세를 반반씩 낼 수만 있다면 그냥 당장 짐을 싸고 싶은 심정이었다.   (「배회하는 나무」 일부)

아직도 우리 사회에서는 아이러니하게도 성인이 된 딸조차 쉽게 독립적인 삶을 허락받지 못한다. 반면에 엄마라는 존재는 무슨 일이든 못할 게 없는 사람으로 설정되어 있다. 가히 절대적이다. 결혼해야만 독립을 시켜주겠다는 이 엄마의 태도를 전복시키려면 주인공은 무슨 짓이라도 해야 하는 처지다.

　너 혼자 가면…? 남편이 너를 떠났는데 왜 직장까지 그만두는 거야. 다 귀찮아진 거야? 그런 거야? 나는 두서없이 꽥꽥 소리를 질렀다. 나를 배신한 그녀가 용서되지 않았다. 그날 밤 집에 들어가자마자 방바닥에 퍼질러 앉아 그녀의 전화도 문자도 수신 거부했다. 그녀에 대한 모든 것을 차단했다. 그리고 잊었다. 아니 잊어버리려 했다.
　어머니는 말했다. 집 나가면 그 순간부터 너는 내 딸 아니다.
　하지만 나는 이혼한 영채와 있으려고 절대 분가시켜 줄 수 없다는 어머니를 꺾어 누르고 집을 나온 상태였다.　 (「배회하는 나무」 일부)

가족으로부터의 단절을 무릅쓰고 함께 살기로 한 친구로부터의 배신을 경험한 사람이라면 그 절망감을 헤아리기조차 어려운 일일 것이다. 결국 관계는 끝나버리고 화자는 우울증에 걸려 병원에 다닐 정도가 되어버린다. 이 소설에서 나는 영채와의 사이를 소나무의 이미지로 살려내려 하는 것이 보인다. 나는 병원에서 의사에게 이렇게 고백한다. '제가 컴퓨터의 모니터에 커다란 소나무 한 그루를 심어 놓았습니다. 저는 늘 푸른 그 나무를 좋아합니다. 그런데 그걸 한참 바라보고 있으면 나무가 막 걸어다니는 것처럼 보여요.'라고 말함으로써 영채에 대한 나의 감정을 어림할 수 있게 만든다. 두 여자의 감정이 겉보다 훨씬 밀착되어 있다는 것은 그렇다 치고, 적조했던 시간을 지워버리고 함께 새로운 삶을 시작하려는 마음으로 다시 만나려는 것 같다. 이 부분은 누군가를 만나서 삶의 패턴을 바꿔 다시 시작한다는 것인데, 「높은음자리」의 결말과 비슷하다.

「바람 불어 좋은 날」은 학교라고 하는 교육현장에서 일어난 사건을 중심으로 하는 이야기이고, 팬데믹 시대의 서사다. 2019년 봄부터 시작한 코로나바이러스19로 인한 팬데믹은 세상의 모든 것을 바꿔놓았다. 사람과 사람 사이의 이격 거리를 정해놓고 살아야 하는 세상이 되어버렸다. 산업현장, 공연장, 교육현장 등 사람이 모이는 곳이면 어디든 두렵고 무서운 곳이 되어 버린 것이다. 이 소설은 교육현장에서 학생의 감염으로 인해 벌어진 비상 상황을 메인 스토리로 하고 주변 인물들의 처신을 묘사하고 있는, 가슴 아픈 시대 상황극이다.

서연이로 인한 전염자는 발생하지 않았다. 어머니로 인하여 서연이가 감염되었다고 했다. 서연이가 등교하던 날 아침에 열이 조금 있었지만 흔한 감기라고 생각하고 종합감기약을 먹고 예은이와 함께 택시를 타고 학교에 왔다. 예은이와 택시 기사가 밀접 접촉자로 검사를 받았다. 두 번의 검사 모두 음성이었다. 예은이는 다행히 편도선염으로 진단되었지만 지침에 따라 두 번의 PCR 검사를 받았다.

(「바람 불어 좋은 날」 일부)

이와 비슷하게 학교라는 배경을 가진 이야기가 「그림 맞추기」다. 현재 우리 시대가 가지고 있는 시대적 담론, 즉 페미니즘이나 미투운동은 여전히 현실의 부당함을 근거로 확산되어 가고 있는 추세다. 그런 일은 작용과 반작용처럼 나쁘게 일어나기도 하는데, 이 소설의 일부가 그런 내용이다. 이 소설의 표층은 악의적 함정에 빠져든 무력한 교사가 마침내 학교를 그만두게 되는 이야기다. 화자이면서 교사인 내가 학교의 안팎에서 벌어지는 사건으로 서술을 진행하는데, 재인이라는 아이가 박 선생에게 트집을 잡아 성희롱 문제를 만들어 학교가 시끄럽다. 이 문제를 해결하려고 교장과 박 선생, 재인의 부모 사이를 오가며 동분서주하던 나는 이 사건의 진면모를 알게 된다. 재인은 자기 몸에 손을 댔다는 이유로 교사를 폭행하지만 결국 사건의 핵심은 재인의 정신질환이 원인이라는 것이 밝혀진다. 이혼 부모를 가진 아이의 심리적 갈등과 연결된 문제로 마무리된다. 이 소설에서 나이든 교사에게 폭력을 가하는 어린 여학생 재인의 이 황당한 행위는 미투나 페미니즘과 관련이 있어 보이지만 사실은 교권을 허물어버리는 폭력에 불과하다. 실제 현장에서 그러한 것을 빌미로 타자를 괴롭히는 정신질환자가 있을 수 있다는 생각이 들어 섬찟한 느낌을 준다.

새로운 수업 시작종이 울리자 복도에서의 소음이 갑자기 줄어들고 학생들은 각자 자리를 찾아가 앉을 즈음이었다. 앞을 막아서고 있던 재인의 어깨가 분노로 들썩거렸다. 박 선생은 그래도 학생을 다독여주어야 한다고 생각했던 것 같았다. 그렇게 실망하지 마라. 선생의 손이 재인의 어깨를 향해 다가갔다. 그때 찰싹, 소리가 나고 동시에 날카로운 목소리가 교실을 찢었다.
"야!"
야, 라고? 재인의 목소리가 확실했다. 소리를 좇아가니 굵은 알이 박힌 박 선생의 안경테가 한쪽 귀를 벗어나 코끝에 얹혀 있었다. 재인은 자신의 생활복 가슴 앞을 움켜잡은 채 앞을 독하게 노려보고 있었다. 한동안 침묵이 흘렀다. 교실에 있는 누구도 말을 하거나 움직이지 않았다. 그때 수업하기 위해 교실로 들어오던 영문법 선생이 그 장면을 보고 얼른 재인을 데리고 보건실로 갔다.　　(「그림 맞추기」 일부)

그런 내용에 비해 로맨틱한 환상이 들어있는 작품도 있다. 이미 언급했듯이 「높은음자리」를 보면 화자인 나와 제인이라는 친구와의 사이가 약간 성적 환상을 가지고 있는 게 느껴진다.

여행 비자를 더 이상 연장할 수 없었기에 나는 내일이면 다시 호주로 돌아가야만 했다. 우리는 초저녁부터 함께 침대에 들어 이불을 뒤

집어썼다. 그녀는 어릴 때처럼 환한 얼굴이 되어 나의 팔을 간질였다. 그녀의 손가락이 나의 실핏줄 위에서 음계를 엮듯 조금씩 이동했다. 간지러워. 그녀가 낮게 속삭였다. 레 솔라 미시솔레 라시미 라 도라솔 미 레 솔라… 무슨 노래인지 몰라도 잠시 내 몸 안으로 고운 음률이 흘러들어와 출렁거렸다.   (「높은음자리」 일부)

「배회하는 나무」의 주인공인 나와 영채도 그런 느낌을 주는 것이 비슷하다. 강해원의 서사적 분위기는 노골적인 퀴어 이야기를 뿜어내진 않는다. 하지만 우정으로 견인된 서로의 환상이 슬그머니 성적 감성에 기대어 있는 듯한 느낌을 배제할 수가 없다.

거기서 나는 라면을 끓이려다 달궈진 냄비에 손등을 데었다. 그녀는 침착하게 나를 싱크대로 데려가 얼음물에 손을 담그며 약보다 화기를 먼저 빼내야 한다고 말했다. 팔에 닿는 그녀의 촉감이 그날따라 너무 부드러웠다. 어깻죽지로 전해오는 가슴의 말랑함에 소름까지 돋았다.

아니, 됐어. 약이나 찾아줘.

괜스레 얼굴이 화끈거렸다. 명확하지는 않지만 어딘지 마음이 조금 불편했다. 손등의 화기가 얼굴로 옮아왔다고 생각했다. 그녀의 잔잔한 미소 때문에 열나는 곳이 손등인지 얼굴인지 분간이 모호해지며 더 화끈거렸다.

나는 아프다는 핑계로 소파에 몸을 묻었다. 소파에 등을 기대고 그녀를 향해 다리를 쭉 뻗었다. 이렇게 시간이 흘러가도 좋겠다는 생각이 들었다.   (「배회하는 나무」 일부)

이처럼 두 여성의 우정은 약간 성적인 친밀감을 포함하고 있는 듯하다.

이 소설의 표제작인 「나비춤」은 100매가 넘는 작품으로 단편으로는 좀 길다. 아버지가 두 여성에게서 각각 딸을 낳았다는 드라마틱한 스토리를 기본으로 하고 있지만, 이 두 자매의 갈등과 화해를 심리적으로 해부하여 절묘하게 풀어내었다는 점에서 서사 만들기에 성공했다는 느낌을 준다. 이인칭 화자(가희)가 등장하여 너(가희)와 진아 두 자매가 화해를 찾아가는 이야기 방식도 독특하여 서사의 흡인력을 만들고 있다.

너는 해가 뉘엿뉘엿 넘어가며 석양이 베란다를 넘어 거실 깊이 들어와 웅크린 한 여자애의 등에 붉게 내려 앉아있는 햇살을 보고 있었다. 움직임을 멈추고 가만히 앉아있는 낯선 여자애의 조용한 태도가 너무 신기했다. 조금 후 찬거리를 들고 들어온 엄마가 분주히 손을 움직였다. 달콤 구수하고 매콤 짭조름한 저녁 냄새들이 방안을 맴돌았다. 콧속을 간질이며 좋은 냄새가 공간을 가득 메웠다. 너는 몽롱하게 취해 끔벅끔벅 눈이 감겨왔다. 엄마는 보기 좋게 식탁을 완성해 놓고 일곱 살짜리 여자애인 너와 처음 보는 여자애 진아를 그 앞에 앉혔다.
　우리는 가족이야. 이 애는 너보다 한 살 어린 동생이고…
　엄마는 여자애에게 말했고 그 애는 고분고분한 표정으로 고개를 끄덕거렸다. 　　　　　　　　　　　　　　　　　　　(「나비춤」 일부)

이런 묘사는 정말 해맑은 영상이나 그림으로 그려질 만큼 명료하고 단아하다. 강해원의 차분한 문장력이 돋보이는 부분이기도 하다. 이어지는 다음 문장 역시 너와 언니인 진아와의 만남을 극적으로 묘사하고 있다.

> 너는 기분이 좋아졌다. 그 말의 의미가 무엇인지도 잘 모르면서 '애랑 같이 살게 되었나 보다', 그냥 생각했다. 그날 네가 숙제를 하는 동안 진아는 곁에서 네가 쓰던 이 빠진 색연필을 조심스럽게 만지작거렸다. 너는 동화책을 앞에 놓고 사부작사부작 나비 그림을 그렸다. 몸을 움직일 때마다 너의 겨드랑이 사이에서 자란 나비들이 일렁일렁 춤을 추었다. 어느덧 나비는 노란색에서 붉은 주황색으로 변하여 날아갈 듯 종이 위에서 너울거렸다. 그 애는 뚫어져라 나비를 바라보고 있는데, 순간 그림에서 나비가 정말 날아올랐다. 너는 깜짝 놀라 하늘로 날아오르는 나비를 잡으려고 손을 주억거렸다. 그게 언니 진아가 가족이 된 첫날의 기억이었다.　　　　　　　　（「나비춤」 일부）

낯선 사람을 가족으로 받아들인다는 것은 쉬운 일이 아니다. 게다가 아무것도 모르는 아이인 경우, 쉽지 않았을 것이다. 그러나 화자인 너는 '이건 어린 시절의 일이고 오랜 세월이 지났는데 이렇게 선명히 기억할 만큼 강력한 인상으로 남아 있다'는 말을 함으로써 그 일의 특별함을 밝혀낸다.

둘 사이의 관계는 처음에는 좋았다가 시간이 지날수록 관계가 나빠지는 쪽으로 움직여 가는데 그것은 서사의 방식에서 볼 때 당연한 행적이 아닐 수 없다. 이 소설은 엄마를 병실에 두고 두 자매가 들락거리며 부닥치는 현실이 있고, 이들 사이에 끼어 있는 불편한 과거의 진실이 하나둘씩 드러나면서 독자의 흥미를 돋운다. 하지만 어린 주인공이 언니인 진아를 처음에는 기분 좋게 받아들였다가 나중에는 감정을 차단해버리는 쪽으로 바뀌어 갈등을 만들게 되는 것이 엄마의 복잡한 심리가 작용한 결과로 나타난 것이다. 하지만 소설의 갈등은 해소되기 마련이고, 엄마가 병원에서 퇴원하는 것처럼 이 둘의 관계도 화해되어 좋게 끝난다. 두 자매의 갈등과 화해의 시간이 이 전체라고 말할 수 있다. 앞에서 언급한 바와 같이 둘은 만남의 순간에 나비의 날갯짓을 극적으로 보여주는 부분이 들어있고, '나비'라고 하는 소도구로 그들의 운명이 묶여 있음을 보여준다. 병실을 중심으로 하는 현재 서사와 어둡고 무거운 과거의 서사 사이에서 나비춤은 화해에 대한 은유로 보여지며, 다이나믹하고 경쾌한 이미지를 끌어오는 역할을 한다.

　　진아는 웃었다. 싱겁게 한참을 웃었다. 그러나 너는 같이 웃어줄 수가 없었다. 어린 진아가 가엾어서, 못나게 굴었던 너 자신이 한심해서 웃지 못했다. 그리고 용기를 내어 용서를 구하기 위해 말을 꺼냈다.
　　엄마 반지 있잖아, 사실은 내가….
　　진아가 말을 막았다. 다 지난 일이야, 자매끼리 이해 못 할 게 뭐가 있겠어. 네가 어려울 때 도움을 주지 못해서 미안했지. 너와 너의 엄마에게 고마워.

그리고 그녀는 살면서 평생 갚아도 다 못 갚을 사랑을 받으며 살았다고 말했다. 너는 미안함에 고개를 들 수 없었다. 목울대로 뻐근하게 뜨거운 것이 밀려 올라왔다. 눈물이 투둑 떨어졌다. 습한 공기 때문인지 감정 때문인지 오소소 어깨가 떨렸다. 눈에서는 눈물이 흘렀고 어깨는 자꾸 들썩여졌다. 진아가 너의 어깨를 살며시 감싸 안았다. 너는 더 이상 어깨를 들썩이지 않았다.   (「나비춤」 일부)

강해원 소설의 캐릭터를 정리해보면, 엄마는 강하고 독하며 모성애를 지닌 여성이다. 그리고 하나같이 늙고 병을 얻었다. 주인공들은 여성으로서 홀로서기를 하려하고 친구나 형제자매와 화해하고 동반자가 되기를 꿈꾼다. 사랑의 마음을 전하기 위해 주변과의 관계를 포기하지 않는다는 점이 성격적 특징이라 할 수 있을 것 같다. 이 소설집의 마지막에 실린 미니픽션 「아내가 무서워요」도 모양이 같다.

　아내의 목소리는 작아질 틈을 주지 않고 점점 크고 격해졌다.
　빨리 나와서 바닥 닦아. 그까짓 글 좀 쓴다고 밤에 잠 안 자고 지금 처자고 있냐?
　아내의 큰소리에 습관이 들었는지 막내딸의 방문은 미동도 없었지만, 나라도 쫓아가 막내딸을 흔들어 깨워 아내의 목소리를 잠재우고 싶을 때가 많아졌다. 아내가 무서워진 게 맞다. 말도 붙이기가 어려워졌다.   (「아내가 무서워요」 일부)

세월이 가면 아내의 목소리가 커진다. 우아하고 차분한 여성은 점차 생활 속의 전사가 되는 것이다. 젊은 시절 육아를 하는 동안 길러진 모성애의 변형인지도 모르겠다. 이 소설은 그러한 여성의 심리적 변화를 적나라하게 보여준다.

4.

강해원은 부드럽고 섬세한 문체로 이 시대를 아우르는 여성 서사에 집중하고 있는 작가 중의 한 사람이다. 이 소설집 『나비춤』은 강해원의 첫 작품집으로 그런 특징을 잘 드러낸다. 강해원은 사랑, 우정, 가족, 동료 간의 화해… 이 같은 키워드로 만나는 이야기에 언제나 친근하다. 작가는 끊임없이 우리 주변에서 일어나는 문제를 테마로 놓고 사랑의 문제 그리고 가정과 직장 속에서 일어나는, 우정 등 주위에서 일어나는 '나와 타자와의 관계'를 신중하게 생각하고 예의 주시하기를 게을리하지 않는다. 특히 그가 생각하는 가정은 평화와 질서가 필요한 절대공간이다. 그러면서도 한편 생각한다. 삶의 중심을 이루는 사람의 천성이 과연 무엇인지. 강해원은 '사람은 천성을 버리지 못한다. 필요해서 사랑하는 척은 할 수 있어도 결국 천성은 드러나게 되어 있다'는 생각을 버리지 않고 있다. 섬세하지도 진지하지도 못한 남성들의 위험한 천성을 경계하는 것이다. 「높은음자리」에 나오는 제인의 전남편과 경호가 대표적인 인물이다. 그러하기에 사랑을 빌미로 못되게 구는 이들에게 놀아나지 않고 오히려 단호하게 밀쳐내며, 새로운 인생을 찾으려 하는 두 여자의 당당한 행보를 보여주고 싶었을 것이다.

　이 소설집은 타자와의 관계성에 대해 고민하면서 끊임없이 물음표를 던진다. 이것이 바로 우리가 원하는 삶일까? 이 관계가 건강한 모습일까? 「낮달 아래에서」의 이모가 삶을 제대로 살지 못하다가 죽지 못해 겨우 마음을 바꾸는 것으로도 넌지시 귀띔한다. 진실하지 못한 사람은 언제나 그럴 것이라고. 또한, 한평생 가족을 위해 몸이 부서져라 일하던 엄마가 치매에 걸려 요양원에 있거나 송 영감처럼 손주를 잃고 그 충격에 치매가 깊어지거나 학교를 가지 않는 재인처럼, '마음을 다치거나 일상이 훼손된 각자의 삶'에 대해서 무엇이 중요한가를 생각할 여지를 남겨준다.

　강해원의 소설에서 화자는 무엇을 강하게 주장할 마음이 없다. 그러나 주인공들에게 소설의 결미를 통해서 의미 있는 메시지를 은근히 남겨주려고 한다.

나비춤

펴낸날 2022년 11월 30일

지은이 강해원
펴낸이 이순옥
펴낸곳 도서출판 문화의힘
등록　　364-0000117
주소　　대전광역시 동구 대전천북로 30-2(1층)
전화　　042-633-6537
전송　　0505-489-6537

ISBN 979-11-87429-90-6
ⓒ 2022 강해원
저작권자와 협의로 인지는 생략합니다.
잘못된 책은 구입처에서 교환해드립니다.
*이 책은 대전문화재단의 지원을 받아 출간되었습니다.

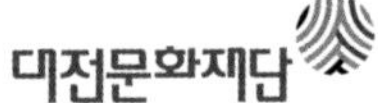

|값 15,000원|